被收購商遺忘的裝屍紀錄簿

崑崙 著

一具待收，焚毀。

目錄

一、友好婦人與聽話忠犬

黏稠的血從父親歪斜的嘴角淌落，被重力拉扯成紅色細絲，最後積成水彩顏料似的坨狀。

失去被皮囊包裹住的內臟，父親的身體遠較以前輕盈，單薄得可憐。被一分為二的肚皮無力垂晃，像只醜陋的風箏，若有風吹來或許便能將父親帶開，遠離這裡。

不，不是這樣。父親註定無法離開。發紫的雙手雙足都與身後的鐵柱纏綁在一塊，哪怕風再大，父親這只風箏都得牢牢地困在這裡。

奢望逃離的只剩這個名叫子緣的少年。

子緣同樣被反綁雙手，整個人給束縛在另一根鐵柱上，形如古時的炮烙之刑。鐵柱沒有被火燒紅，卻讓心中的恐懼不斷升溫。

子緣的上半身因為連日的囚禁而脫力前傾，姿態像結在枝頭的蝶蛹。待破蛹的那日，便要如父親被掏挖出五臟六腑——當不成蝶，只能化作被困在地底的風箏。

這間暗室充滿令人窒息的腥臭，全是來自那些遺落的穢物與臟器，滑脫的腸子盤據父親腳邊，像條巨型蚯蚓。

嗅覺疲勞的子緣辨識不出異味，只有關於恐懼的各種想像在腦內不斷放大。什麼時候輪到他，又將被如何對待？

他望進父親的眼瞳，盼望可以得到答案。

那對無神的瞳孔沒有還以解答，卻讓子緣想起家中供桌的數尊佛像，它們擁有同樣空洞的眼神。父親夜以繼日癡迷膜拜，只求被賜予一個翻身的機會。

可惜沒能等到鈔票滿天飛，父親卻先與他雙雙踏進陷阱，一死一苟活。這讓子緣不敢向神乞求，就怕事與願違死得更快。

忽然，門綻開一道隙縫，透進與室內相異的光。

子緣警醒抬頭，驚見門縫後的貪婪臉孔。是個散發貴氣的中年婦人，闊嘴塗有麥當勞叔叔般誇張的厚重口紅，黏在浮腫眼皮上的假睫毛長度參差不齊，活像菜市場沒拔淨雜毛的豬肉塊。

婦人發出小女孩般不相稱的做作笑聲，令子緣背脊竄出噁心的冷汗。

婦人亢奮突出的眼珠子瞪得極圓。她用力推門，肥腫的身軀像條灌壞的糯米腸，褲腰還擠出一圈幾乎撐破衣服的肥肉。

伴著沉重的鼻息，婦人挪動圓滾滾的雙腿，搖搖晃晃向他走來。

子緣背貼鐵柱，只想避開婦人。但就像每個囚奴的際遇，他終究無處可躲。婦人的手強硬地托起他的下巴，肥短的手指傳來濃膩的香水味，還有與油垢相近的體味。他無法與婦人對視，只希望儘早解脫。雖然不懂開口求饒，但發白的臉龐與羊崽般不停顫抖的身體出賣他的願望。

婦人咧開塗成紅色的大嘴，露出油膩的笑容。毒氣般的口臭傾瀉而出，逼得子緣屏息，反射性地別過頭。

婦人恣意地撫摸他的臉。觸感像一條油膩的溫抹布貼在臉上。那隻肥手慢慢向下游移，解開子緣的校服鈕扣，一顆接一顆，直到胸膛裸露。婦人彎身，將頭湊往他的胸膛。

子緣感到一陣噁心又溼滑的溫熱，嚇得低頭看個究竟——溼亮的粉紅色舌頭彷彿蠕蟲，正往他的胸口鑽。

子緣的掙扎令婦人倍感興奮，舔得越加用力，直至胸口一片溼黏。

「從這裡開始，剖開你。」收回舌頭的婦人噁心一笑，用力拍拍手，對著外頭下令：「把我的刀拿來！」

心寒膽顫的子緣望向父親，那具屍體的慘貌預示了即將面臨的酷刑。他是記得的，父親的慘叫是那樣鮮明，痛苦的過程卻那麼漫長。

當時婦人徒手翻出父親的內臟，未死的父親還留有意識，哀號不止，變成只會尖叫抖動的肉塊。

子緣不想死！正如所有臨死前的掙扎，他奮力扯動束縛手腳的繩索，惹得婦人發笑，那笑聲與記憶中父親的慘叫交雜，幾乎摧毀他的心智。

「放我走……」子緣痛哭失聲。

婦人指過他的淚水，放進嘴裡陶醉地吸吮，然後用被口水沾溼的手指捏了捏他的鼻子，寵愛地說：「不要怕，我會讓你很痛、很痛。你要乖乖地、用力地叫出來。」

婦人說完赫然轉頭，擠出滿臉皺紋，對著外頭兇惡地厲聲咆哮：「我說，把刀拿來！」

一陣拖地的腳步聲在婦人咆哮後緩慢出現，停在門口，伴隨出現的是男僕的平庸臉孔。那張臉上帶著極度的驚恐，絲毫不亞於害怕求饒的子緣。

「我的刀呢？」婦人凶狠質問。

男僕嘴巴微張，一道血絲從嘴邊溢出。他向前踏進一步，隨後癱倒不起。婦人訝異的同時，一張陌生臉孔接著出現。

那是個平靜得不帶任何情緒的黑髮少年。全身都是黑色的穿著，像罩入夜晚的深影。他淡然道歉：「抱歉殺了你的狗。」

「狗？」婦人不解。

黑髮少年彎身，一把揪住男僕的頭髮。婦人這才注意到黑髮少年戴有黑色皮手套，還握著一把小刀。刀身通體灰沉，唯有鋒刃透出銀色的冷芒。

黑髮少年俐落割開男僕的頸部，劃出清楚的切肉聲。男僕緊緊摀住頸子，天真地想要阻止血液流失，可惜仍從指縫溢出。

婦人從沒料到會殺出這樣的狠角色。這裡是她的地盤，有她聽話的僕人還有捕獲的囚奴，一切都在掌握之中，這些秩序不該被打亂，沒有道理……

她呆看一切發生。想到該退逃時，黑髮少年已經近在眼前。

這個人有雙清澈如溪的眸子，可是不帶任何感情，就像溪流只是溪流，不會哭也不會笑。

婦人愕然眨眼，才發現溪裡藏著窺見不易的漆黑深淵，就此如石化般無法挪動目光。原來，眸子深處還有冰冷的怒火無聲燃燒。

「啊！」隨著小刀刺進左胸，婦人尖叫。

黑髮少年用力推進刀柄，刀身再沒入幾分。咿咿啊啊亂叫的婦人隨之仰倒，後腦用力撞地，引起一陣昏眩。黑髮少年單膝蹲下，憑借身體的重量將刀身完全壓進婦人胸口。

在混濁的咳嗽聲中，婦人嘔出鮮血。

黑髮少年掀開婦人領口，一如所有被他追獵的對象，右胸鬆垮的皮膚上有個歪七扭八的肉刻字母——

J。

××××

子緣目睹全程。

眼前這個不速之客從現身到殺死婦人有一種莫名的流暢，好像重複執行過千百遍，以致於子緣沒有意識到這是一樁血淋淋的兇殺。

婦人發出死前的喘息，汩汩血沫不斷、不斷從嘴角溢出，像要死不活噴發著的火山口。血的色澤恰如婦人誇張的紅色唇膏。

子緣忽然猜想，會不會婦人塗抹的從來就不是口紅？

婦人的眼珠一轉，雙眼翻上瞪來，露出大片森然眼白。她不甘心地瞪著，好像在怨恨沒能品嚐這份即將到嘴的鮮肉。

子緣被看得發毛，只有別開臉繼續躲避婦人的目光。就像每個天真的孩子，他一直以為自己很強悍，直到落入婦人的手中才知道這是多麼愚癡的錯覺。

「三具，地點是……」黑髮少年說話了。語調沒有抑揚頓挫，制式地交代。

子緣不由得注意內容，發現這人使用的是充滿年代感的舊式手機。明明看上去只比自己大上幾歲，為什麼手拿這樣過時的款式？

只大上幾歲……子緣心想，偏偏眼前這個人輕易解決婦人還有她的手下，從容自若又毫不猶豫。為什麼能夠如此平靜？

順應這份疑惑似的，黑髮少年的視線終於落到子緣身上。那對眸子真的好深好黑，令子緣不寒而慄。

黑髮少年朝他走近，還持著刀。

輪到我了？子緣倒抽的涼氣被恐懼阻塞在喉，什麼都吞不進去。出自動物本能，他感受到絕大的威脅。逃、得要逃跑才行！

黑髮少年卻繞過他，來到鐵柱之後。

「別亂動。」黑髮少年低聲警告。

子緣被束縛的手腳頓時都鬆了，乏力的雙腿跟著一軟，隨即跪倒。他把不斷發顫的雙手舉到眼前。繩索真的被解開了，只剩遍布手腕的紫青色勒痕。

他不明白地回頭。

「可以幫個忙嗎？」黑髮少年語調冷淡問道。

腦袋空白的子緣只有點頭的份。

「當我從來沒出現，不要說出這裡發生的事。最好連你被綁架的遭遇都一起隱瞞。」

子緣仍是點頭。

「你該離開了。」黑髮少年自顧自拿出隨身的小透明瓶，往小刀噴灑某種透明液體，濃重的酒精味慢慢飄出。

子緣鼻子一癢，打了噴嚏。他勉強站起，用還不太靈活的雙手扣回被婦人解開的校服。他回頭望了父親一眼，無法道別。既說不出口、父親也聽不見。

他在婦人的宅邸摸索後找到出口，推門後迎面而來的雨景跟暗室是截然不同的兩個世界。

子緣伸手接著雨水，冰冷的、溼漉漉的。一道道白絲般的雨線從天空墜落、再墜落，積聚在掌心內，漫出來的便穿過指縫落下，連同他的眼淚一起。

嚎啕大哭的子緣緊抱雙臂，肩膀用力縮起，像淋雨的落難孤犬沿著外牆蹣跚慢行。一臺宅急便貨車交錯而過，駛過時濺起路面髒水，潑得他身上越溼。

子緣不在意，都沒關係了。

他終於離開這塊噩夢之地。

二、前屋主的新居贈禮

十年反覆擦拭小刀，直到確定足夠乾淨才插回刀套，藏在褲腰收妥。

婦人還沒死透，微弱的喘息未止。十年不擔心，斷氣終究是時間問題，他視若無睹走過婦人身旁，審視那具被縛在鐵柱上的男屍。

男屍腳下遺落花花綠綠的內臟，濺灑的血漬碎散成殘瓣。

十年雙手抱胸，嚴肅地凝視許久，像專業鑑定師在觀賞羅浮宮畫作。所有清潔的步驟與方法接連閃過眼前，最終擬定計畫的他捲起袖子，開始處理一地狼藉。

幸好婦人足夠富有又豢養男僕，宅內的清潔用具一應俱全。十年取來需要用上的部份，另外套了一雙清潔手套。像把衣服扔進洗衣籃似的，他將男屍的內臟一一拎進垃圾袋，終於清出空間處理地面血漬。

雖然熱衷善後的清掃作業，十年沒有大意到忽略周遭的動靜。宅邸的門開關時，他馬上察覺到了，隨即扔下吸飽泡沫與血的抹布，側身藏在暗室的門邊窺視。

出現在廳內的是被雨淋溼、手搬木箱的宅急便送貨員。

這個送貨員面無表情，彷彿覆蓋在臉上的是生硬的人皮面具而非真正的臉。正如宅急便送貨員的外觀是偽裝，這不是什麼親切送到府的服務，而是專門收取屍體的「收購商」。

既然是收購商，就沒有繼續隱蔽的必要。但是出乎十年的意料之外，又有一名收購商進門。

兩個收購商？

十年稍微思考後便恍然大悟——收購商並非只有一人。他委託的次數連自己都數不清了，每次都是同樣的人前來善後，才會產生這樣的誤解。

十年對收購商的了解非常有限，一直以來都是從實際所見的部份去猜測。最初，大衛杜夫介紹收購商時只說明對方可以回收任何屍體。幾次委託都是乾淨俐落，收購商從不廢話，省去不少麻煩，所以十年樂意交由對方善後。

儘管猜測過收購商的種種，十年沒有在深究對方來歷背景的部份投注多餘心思，終究還是停留在好奇的階段，畢竟獵殺傑克會才是主要任務。

強烈的直覺告訴十年不要試圖刺探收購商，謹慎如他也不會傻到去招惹這些神祕莫測的傢伙。

何況這個新面孔感覺很不友善，還刻意將棒球帽壓低，讓上半臉部藏在帽舌的陰影下。儘管藏住臉，卻沒收斂住與常人迥異的氣息。這個新面孔身邊的空氣不自然地凝結，暗藏不祥的戾氣，膽敢輕易靠近便會給螫傷似的。

敏銳的十年察覺到這股詭異的氣場，不動聲色地戒備起來。

「東西在哪？」那名慣見的收購商問。

十年指了指地下室。

收購商只說必要的話還有必要的發問，得到答案的他搬著箱子走入。那名新面孔也跟上。

十年待在廳內，沒有一同進去，因為地下室的空間有限又只有單一出口，能夠被輕易堵死。在尚未信任這名新的收購商之前，十年不會留有任何破綻。

幾分鐘後，兩名收購商處理完畢，搬走最後一個裝屍的木箱。

一如往常沒有多餘的道別與交談，兩名收購商一前一後離開。腳步的輕重與到來時無異，顯見鐵箱增加的屍體重量對他們來說毫無影響。

倚在門邊的十年目送收購商冒雨離開，返身回到廳內繼續未完的清潔。

婦人與男僕曾經的位置殘留擴散的血圈，十年忽然自省或許該換個方式？但他慣以小刀宰殺傑克會，一時難改。

致人於死對他絕非難事，但負擔的風險終究不小。作為狩獵者的籌碼即是自身性命，既然習慣跟風格已經成形，貿然改用其他不稱手的武器並不明智。

何況後續善後雖然麻煩，但對十年而言不成困擾。他主要目的是還原現場的整潔，不會在第一時間令人起疑就好，完全滅證這檔事倒沒特別執著。

只要有心，終究可以從現場遺留的種種線索查出真相，畢竟那些被拭去的血跡並非真正消失。

無法忍受髒亂環境的自己卻總是把場面搞得難以收拾，十年都不禁猜測，該不會是潛意識喜歡享受打掃後的成就感？

又或者正因為想看到滿地橫流的鮮血，才選擇這樣獵殺方式？他心想，該不會越來越往「那邊」偏移過去了？

正如與怪物戰鬥的人要當心自己也成為怪物，我是否也漸漸變成這些人的同類？十年自問，這個疑問很快就被否定。

他明白兩者的差異。這與濫殺無關，更不是以殺人為樂。只是一種不得不。出發點的不同註定兩者終有分歧，十年針對傑克會出手，其他人均非目標。

若不幸真有走偏的那天，便自盡吧。十年不可能容許那樣的自己留在世間作惡。

打掃告一段落，十年往空氣噴灑除臭噴霧作最後收尾，薄荷清香逐漸覆蓋噁心的腥臭。他滿意地審視成果，這裡乾淨得像什麼都沒發生過。

沒人被囚禁也沒人死去，只有關燈離開的黑髮少年。

十年大方從屋內取用雨傘，關妥大門後取下黑色皮手套塞進口袋，在外顯的樣貌上不留一點讓人起疑的部份。就像收購商需要偽裝，他也有這份必要。

就如現身時的從容，他走過雨聲遍布的街。

十年離開沒多久，一只黑傘由遠而近，最終駐足在婦人的宅邸前。

傘下的男性是白襯衫與西裝背心的酒保打扮，一手撐傘，另一手將裝酒的木盒抱在懷中。他望著十年遠去的方向，回頭，踏進宅邸。

×××××

十年來到寧靜的住宅區，這裡多是屋齡老舊的民房，有一種被時代遺棄的落後味道。好處是安靜，少了來往的多餘路人，尤其在大雨淅瀝的現在更顯淒冷。

他走入巷內的公寓，一樓的鐵皮屋簷落下成片枝枒與綠葉，覆蓋雨水後更顯翠綠。好幾輛機車凌亂插停，公寓入口的兩扇大門缺去一半，脫落的其中一扇象徵性地倚牆靠著，提醒住戶它至少曾經存在。

這裡當然跟乾淨無緣，樓梯間殘留長年累積的煙臭，被踩成深黑色的地面理所當然有丟棄的煙蒂。

十年眉頭鎖得死緊，強忍打掃的衝動。他不應該在公開的場合引人注目，尤其在這樣不懂環境整潔重要性的地方，更該學會睜一隻眼閉一隻眼，隨它去吧。

他努力地無視眼前所見，收起雨傘上樓。腳步比貓還輕，無聲的程度更甚傘尖滴落的雨水。

最頂層封閉的安全門有鎖。十年取出鑰匙解開，微光跟雨珠便乘著風，從門縫跌進樓梯間。吹進的涼風把惱人的煙臭一掃而空。他深呼吸幾口，讓清爽的雨水氣味浸入肺裡。

安全門後是空曠的天臺，景色豁然開朗，可以望見鄰近住宅的樓頂，視線範圍直到幾條街外。畢竟是老舊建築的集合地，沒有近幾年慣有的遮天高度。這棟公寓已是這區數一數二高的了。

天臺的乾淨程度與這塊住宅區完全不同，沒有紙屑更遑論煙蒂，牆邊有幾盆被照養得極好的黃金葛。樓頂的加蓋小屋並非常見的粗陋鐵皮，而是樸素乾淨的白。

這是十年意外獲得的新窩。

他關緊安全門後重新上鎖。為了避免其他住戶亂闖，還特別加裝額外的幾道鎖，小屋當然設有同樣的防備措施。

在十年暫住的傑克會成員住宅之中，這間小屋說是最整潔的也不為過。室內偏涼的空氣含有淡淡的柑橘精油味，濃度恰到好處，不會令人覺得噁心。

即使沒有開燈，就著微弱的日光還是足以看清屋子內部的面貌。北歐風格的家具顯然是精心挑選過的，與漆成黛藍色的牆面相襯，看起來就是舒服。整體擺設走簡樸風格，沒有礙眼的雜物，只放置單純必要的物品。

雖是仇敵，十年不得不承認前屋主的眼光真的很不賴，無疑是遭遇過的傑克會成員中最有品味且最乾淨的。

他窩進柔軟的灰色單人座沙發，讓身體緩緩陷入。天花板的木質吊扇緩慢旋轉，捲起陣陣微風。

十年嘆氣，嘗試把積累的濁氣盡數吐出。倦意趁隙侵入每個細胞，四肢變得疲軟而沉重。他真想什麼都不管，只要窩在沙發打盹就好。

好累。

在眼皮就要這麼闔上的時候，十年忽然驚醒。他按著微暈的頭，匆匆走向廚房，打開冰箱上層的冷凍櫃。

在騰騰冒出的冷霧之中，藏著一個年齡不足四歲的赤裸小男孩，手腳被彎折成不自然的角度，明顯是被硬塞進冷凍庫的。那模樣好像是以小男孩的頭顱為中心，手腳呈放射狀繞著頭顱生長般畸形。

死去的小男孩雙眼微睜，稚幼的臉龐覆著白色薄霜。

在小男孩被掰折九十度的左膝旁邊，擱著一團凍結肉塊。從形狀還有突出的管狀分支判斷，無疑就是心臟。

這是前屋主的傑作，不單是剖開小男孩的胸膛，還挖出了心。最後戲謔地將小男孩放進冷凍庫，變成這惡魔玩笑似的裝飾品。

毋須自問這是真實或幻象，長年與傑克會周旋的十年再清楚不過，這些都是無可否認的現實。

在沉默數秒的注視之後，十年用力關上冷凍櫃門，快步走到屋外。

雨未停歇，十年覺得這樣很好，現在就想淋雨。

挑小孩下手是他最無法忍受的。這些孩子的可能性到此為止，沒了，什麼都沒了。被凍成白色霜塊的小男孩令他想起當年那無助、只能任憑擺布的幼小自己，更連帶重複了小姊姊的死。

死者已經無法安息，所以十年自私地留下小男孩，要這個無辜的受難者不斷、不斷提醒傑克會有多惡劣多麼不可饒恕。

雨水冰冷而十年的身軀如火滾燙。倦意一掃而空，他不能休息，必須追獵傑克會直到這些怪物全數覆滅，再也沒有無辜的孩子受害。

即使用盡一輩子的時間他也無怨無悔，至死方休……

三、人吃人的日常風景

不讓整座城市覆滅不甘心似地，看似停息的雨勢瞬間由弱轉強，激烈的雨水擊打在車窗上，被雨刷反覆抹去，就像裝箱的屍體難逃遭到抹消的命運。

昏暗的車裡，儀表板的按鍵發出小而顯眼的綠光。正副駕駛座各有一名宅急便送貨員打扮的男人——兩人都是收購商。

負責開車的收購商是十年慣見的那位，代號是「獾」。收購商不具備姓名，擁有的是各自的代號。

至於副駕駛座的新面孔，代號是「獅子」。

處理完十年的委託，貨車明目張膽載著三具裝箱屍體在市區內行駛，最後進入某處私有停車場。入口的管理員認得車號，毋須確認身份，柵桿自動升起。

貨車在固定的車位停妥，不遠處另有一臺款式相同的貨車，那是其他的收購商。他們以私有停車場建立數個據點，依照委託地點的遠近自由選擇。

獾停車後熄火，就這樣靜止不動亦沒有下車的打算。他不帶一點表情，漠然注視眼前五公分處的空氣，黏在臉上的彷彿是張人皮面具。要不是偶爾還會眨眼，恐怕會讓人以為是過於逼真的蠟像。

獅子同樣沉默，不過與獾相比還更像是人。但若仔細打量會發現獅子同樣具備異於常人的氣息，藏在帽沿陰影的雙眼看不清在注視什麼，抑或是閉著？

這對陰沉的組合沒有交談，若非同為收購商恐怕永遠不會有交集。實際上，收購商都是獨立作業而非兩人組合，可是獾的情況例外。

這是「大工廠」的安排。

「大工廠」與停車場這些暫時據點不同，是真正的本營。所有的收購商都必須聽從其發布的指示，所以獾接下任務，負責帶領這名記憶缺失的新進收購商。

「呼叫獾。」來自大工廠的加密廣播響起：「委託人代號蚵堅果，一具待收，地點士林區……」

「收到。」獾像接收開機指令的機械又活了過來，對著無線電簡短回答。他單手操縱方向盤，騰出的另外一手在導航系統輸入地址。

載著堆積的裝屍箱，又是收購商出動的時候。這些委託每日都有，不曾間斷。這與殘酷或病態無關，不過是人吃人世界的日常風景。

××××

依循導航系統的指引，獾與獅子抵達位於士林的豪宅社區。這座社區的外貌嶄新得像伴手禮商店的展示品，彷彿建造的用意是炫耀而非居住。

看門的中年保全有張不友善的臭臉，一發現貨車的出現，本來就下垂的嘴角彎曲成更難看的弧度。他從警衛室的窗口探出頭來，粗聲質問：「送貨啊？」

獾降下車窗，點頭。

「哪一戶？」保全簡直像警察盤查似的，口氣甚至變得更差。

獾以不帶抑揚頓挫的語調報出樓層以及委託人姓名。儘管平時是以代號稱呼委託人，收購商其實另外握有委託人的基本資料。

「等一下啊！」保全的頭縮回警衛室，透過殘留抹布痕跡的骯髒窗戶可以看見他抓起話筒，正在聯絡住戶。話筒無辜地倚在保全的耳朵旁好一陣子，委託人似乎沒有接聽。

最後保全只能摔上電話，挾著怒氣再次探頭。「車子停在外面，只能人進來。東西送完就走，知不知道？」

省去搭理的獾直接倒車，退離門口後停妥，然後與獅子各自下車。獅子自動從後車廂拿出空箱，這是他現在的主要任務——當個安分的見習收購商。

保全心不甘情不願地開門。兩名收購商穿越擁有池塘跟小花園的中庭，進入一樓的交誼大廳。這裡另有其他保全，只瞥了一眼就將獾與獅子當成空氣。

獾也沒把這些人放在眼中，任務之外的瑣事與收購商無關。他大步率領獅子來到電梯，按過上樓鍵。在這狹窄的空間才顯出獅子抱著的空箱有多巨大，幾乎佔去電梯一半的空間。樓層的數字緩慢跳動，最後落在數字6。

到了。

電梯口外，鋪著織花地毯的走廊筆直向前延伸，兩邊各有住戶。獾對照門牌，確認委託人的位置。儘管隔著門，依然擋不住門後吵鬧的人聲與音樂。

獾按下電鈴，經過幾分鐘始終無人應門。獾再按了一次，又是幾分鐘經過。等候無果，獾改從右胸的工作口袋拿出銀色的按鍵型手機。

「蚓堅果沒有回應。」獾向大工廠回報而非聯絡委託人，因為手機的功能被限定只能撥往大工廠。

「原地等待。」另一頭的聲音冷冰冰的，聽起來不過是單純的空氣振動，連電話掛掉後的嘟嘟聲都要來得更有生命力。

幾分鐘後，音樂增大幾分，門終於開了一小條縫，露出一雙鬼鬼祟祟、小得看不清瞳孔的眼睛。

來應門的是委託人蚓堅果，是個三十歲左右的男性，身高略矮但肥得誇張，像長著雙腿的脂肪球。圓滾滾的肥臉戴著黑色粗框眼鏡，佐以虛偽的客套性假笑。

「你、你到了啊。要麻煩你帶走的東西在裡面……」蚓堅果說到「東西」這個詞的時候，聲量明顯變小，難掩心虛。

戰戰兢兢的蚵堅果放兩名收購商進門。既然號稱豪宅，屋內的寬敞程度當然遠勝一般民房，客廳足夠當作舞池，其中正有數名男男女女各自為伴，隨著音樂節奏緊貼彼此，不安分地擺動身體，又或是當眾擁吻。

另外還有幾人窩在沙發上抽著大麻，迷茫的煙霧掩去他們的半邊面孔。空氣中混雜香水與汗味，一旁偌大的玻璃桌面放滿瓶瓶罐罐各式酒類，以及被胡亂扯開包裝的散落藥丸。

與客廳相連的幾個房間不時傳出高亢的呻吟。屋內男女盡數沉浸在狂歡的氣氛之中，誰都沒有注意到突然出現的訪客。

「在哪裡？」獾問。

「這邊。」蚵堅果搓搓手，幾顆反射油光的汗珠從額頭滑落。他走得很急，肉瘤似的肥屁股隨著步伐誇張擺動。

蚵堅果帶著獾跟獅子避開狂歡的男女，前往其中一間客房。內裡的雙人床躺著一個不省人事的女孩，塗抹的妝容藏不住她慘白的臉頰，嘴邊更無法掩飾地流淌一道白沫。

床邊另外有一個白白淨淨的青年，裸露的上半身瘦癟得不帶多餘肌肉，是典型的奶油小白臉。小白臉看見蚓堅果進門，不滿地抱怨：「怎麼拖到現在？被其他人發現怎麼辦？快把她帶走！」

「麻煩你們，就是這個。」蚓堅果請求。對比小白臉的頤指氣使，顯然要客氣得許多。

獅子就地放下裝屍箱，走向昏迷的女孩。

「快一點，怎麼慢吞吞的！」小白臉喝斥。

獅子沒有因為小白臉的態度發怒，更像沒聽見似的無動於衷。他抓起女孩的手臂，準備進行裝箱作業，動作卻突然一滯。

察覺有異的獅子扣住女孩的頸部。無視小白臉不斷的催促，確認脈搏的獅子回頭對獾表示：「還活著。」

「活著？你不是說她已經……」蚓堅果驚恐地質問小白臉。

小白臉雙手一攤，敷衍回答：「我哪知道？看起來就是死了啊。反正把她帶走就對了，你不是說這些人專門處理這個的？」

「活的不收。」獾斷然拒絕。除此之外，蚓堅果已經犯下更嚴重的錯誤。

小白臉翻了不屑的白眼，撇嘴反問：「她看起來還像可以活嗎？」眼看獾不為所動，小白臉的眼珠子飄往另一個方向翻了第二次的白眼。「還是不收？那我付錢給你們總願意收了吧？要多少？」他翻找皮夾掏出幾張千鈔，施捨般遞出：「夠不夠？不夠我刷卡。」

蚓堅果深怕雙方衝突一發不可收拾，慌忙撲前制止，將小白臉遞鈔的手硬生生壓下，打圓場勸著：「算了算了，趕快叫救護車！」

小白臉一把推開蚓堅果，失控怒罵：「叫救護車？你是不是想害死我們？」

「這……」蚓堅果語塞，遲鈍的他也發現事情曝光的嚴重性。他為難地看著獾，又乞求地望向獅子。此時的獅子已經離開床邊，顯然不打算帶走女孩。

因為蚓堅果的不知所措，讓急躁的小白臉更是氣惱，在酒精跟藥物的催化作用下直接跨坐在昏迷的女孩身上，雙手掐住她的咽喉。「死了你們才肯收是吧？我現在就弄死她！」

事不關己的獾將雙手環抱在胸前，漠視小白臉獨演的鬧劇。

小白臉折磨一陣子，突然自暴自棄鬆手，跳下床揪住獾的領子。他崩潰逼問：「你真的不收是不是？不收我就去報警，要死大家一起死！」

「你們自己窩在這邊玩什麼？好熱鬧啊。」突然房門邊傳來一個幸災樂禍的男性聲音。

小白臉跟蚵堅果聞聲望去，是個體格壯碩、明顯有健身習慣的男人。壯男露出不懷好意的笑容，明知故問：「玩出人命了？」

「才沒有！」嚇得瞪眼的小白臉著急否認。他知道壯男不是吃素的好人，絕對不能有把柄落在他的手上。

「我又沒瞎，那個女的看起來就不行了。這兩個人是怎麼回事？今天又不是變裝趴。」壯男衝著獾毫不客氣地嘲笑。

蚵堅果趕緊揮手，示意壯男不要繼續挑釁。偏偏他跟小白臉越慌張，壯男就越是起勁，上癮般不斷逗弄。蚵堅果只好坦白：「他們是來善後的，你千萬不要亂說話……」

「善後？那趕快搬走啊，留著不動是怎麼樣？是不是想姦屍？這我還沒見過，來，你們誰要先上，讓小弟我瞻仰一下你們的男性雄風？」壯男的玩笑簡直毫無底線可言。

獾還是以不變的語調重複：「活的不收。」

「嘿！」壯男彎起一邊的嘴角，露出不善的偽笑。隨後走向獅子，一把將他手中箱子拍掉。鐵製的裝屍箱撞在地板，發出與紙皮的偽裝外表不相稱的重響。

壯男沒有發現其中的違和處，還顧著打量獅子。「不收？宅急便可以拒絕客戶的要求？不怕我們投訴？還是你真的要姦屍？」

「快點收走！快！」小白臉趁著壯男攪局時仗勢喝斥。場面看起來像沉默的收購商落居下風，任憑客戶責罵似的。蚵堅果在旁邊急著想打圓場，卻苦於找不到插話的時機。

壯男本來帶著得意的笑容，但突然發現某個環節不太對勁。他後知後覺地問：「宅急便為什麼會收屍體？你們不是……」

壯男來不及完整提出問題，便聽獾突然低喚：「獅子。」

獅子猝然發難，以一記鉤拳劃破沉默。壯男的下顎遭到重擊，失去脊椎般癱軟倒地，無法再起。隨後被獅子以雙手扣住頭顱兩側。

壯男的意識渙散，恍惚間卻看清那對藏在帽舌陰影的雙眼，嚇得發出小女孩似的嗚咽聲。獅子使勁一扭，終結他的恐懼。

獅子的反撲來得極快，震驚的蚵堅果跟小白臉久久不能回神。小白臉的嘴巴就這麼愚蠢張開，不敢相信眼前所見，還在困惑是不是嗑太多毒品所引發的幻覺？但是那突然按住臉頰的觸感是如此真實。

小白臉下意識伸手一摸，想弄清楚那究竟是什麼。

獾卻沒留給他探究的機會。一樣的手法一樣的扭轉，小白臉的疑問再也得不到答案。

蚓堅果看見友人雙雙被殺，嚇得一屁股坐倒，顫聲哀求：「別、別殺我……」

「你破壞保密協定。」獾指出。

「我不是故意的！」事到臨頭，蚓堅果只想得出這種差勁的說詞，見識與閱歷顯然跟全身的脂肪不成正比。

在蚓堅果求饒的時候，獅子開始將小白臉還有壯漢的屍體塞進箱中。他們的手腳被收購商暴力扭轉，發出陣陣骨斷聲，嚇得蚓堅果一屁股坐倒。

裝屍箱的空間有限，勉強塞進小白臉跟壯男後，已經容不下如此肥碩滴油的蚓堅果。獾也看見了，所以他簡短警告：「遵守規定。」說完便率獅子離開。

以為逃過死劫的蚓堅果僵坐在地，搗蒜似不斷點頭。別說是洩漏，他甚至想把收購商的存在完全遺忘。

返回入口時，臭臉的保全依然是那樣不情願地開門，彷彿這兩個收購商帶來瘟疫似的。

回到駕駛座上的獾沒有發動貨車，首先選擇向大工廠回報：「蚓堅果破壞保密協定。」

這就是蚓堅果除了沒有確認女孩的死活之外所犯下的更嚴重錯誤。所有的委託人都必須經過審核，蚓堅果卻私自讓第三方知道收購商的存在。

實際上，委託人是有權利可以向其他人引薦收購商的，前提是事先知會並經過審核。因為收購商們講求低調行事，這點程度的把關是必要的。

「收到。」大工廠那端簡短回覆，後續便與獾無關了。

反正獾再也不會接到蚓堅果的委託。

永遠不會。

四、死公主的孔雀舞曲

在獾與獅子返回停車場據點的路上，來自大工廠的加密廣播又響。

這次不是任務的指派，而是一段純音樂。憂鬱的拉絃聲適合這樣的雨夜，演奏的是《死公主的孔雀舞曲》，這亦是信號。

獾改變路徑，下交流道後來到人車稀少的近郊，與同路的幾輛貨車開始匯流，形成筆直的隊伍奔馳在夜裡的黑暗道路。

不單是貨車的款式相同，這些駕駛無一例外都身穿宅急便配送員的制服——全部都是收購商。

貨車隊伍進入山區，沿著蜿蜒山路前進。這裡越加黑暗，光源只剩白色的車燈。從夜空俯瞰這條車隊，彷彿一條爬梭的蛇。山腰處那間形如棺材的工廠是這條蛇的目的地。工廠左側的屋頂矗立一根醒目的巨大煙囪，像異常勃起的陽具——

這裡是「大工廠」。

貨車在工廠前的平坦空地依序停妥。獾率先下車，工作鞋踩進溼爛的泥巴。他打開車後的冷凍貨廂取出裝屍箱。其他收購商亦是如此，他們沉默搬運箱子，魚貫來到工廠入口。

入口的重鐵門發出令人牙酸的尖響，緩慢往兩旁敞開。一個穿灰色工作服的矮小男人出來迎接，乾瘦的身形遠不如強壯的收購商，佇在門邊的他像隻狡猾的灰蝙蝠，神情詭異地掃視依序進入的收購商。

並非全部的收購商都返回報到，在場的只有其中一部份。其他收購商另有指示，正在市區內的停車場據點待命，以便處理委託。

工廠充滿機器運轉的噪音，幾名穿著灰色工作服的男女分據各處，依然沒有人說話，他們神情木然，不笑不動，像傀儡似的。無論是收購商或這些傀儡都太安靜了，彷彿被強制剝奪說話的權利。

收購商們把裝屍箱放上工廠中央的輸送帶，箱子像隨著溪水漂遠的桃子被送走，最後落進黑暗的口中。看管輸送帶的灰色工作服傀儡站在一旁，只有眼珠子隨著收購商移動而移動。

只要交出鐵箱，後續便與收購商無關了。

他們領取整備好的乾淨裝屍箱，將之一一堆疊進貨車，然後再次返回工廠，魚貫進入右側的檢查室。那裡另有幾名灰色工作服傀儡，他們負責檢測收購商的生理狀況，從基本的體溫與血壓，再到心跳與呼吸速率、血氧濃度。

過程中沒有交談，所有人都知道現在該做什麼、不該做什麼。他們被訓練得極好，沒有多餘的舉動，秩序整齊地接受檢測。

獅子當然也排入檢查的隊列。他沒看到獾，猜想是進入工廠的「更內部」進行回報作業，回報的內容正是獅子的見習狀況。

輪到獅子了。

他大步踏前，伸出手掌讓傀儡在手指夾上血氧儀。傀儡維持死一般的沉默，記錄數據。

完成檢查的獅子與其他收購商穿越檢查室的通道，進入與工廠相連的鐵皮倉庫。除去各類訓練設備，倉庫的四個角落各有一名充當人形監視器的傀儡，意在監控收購商徹底執行被排定的高強度訓練。

收購商們確認各自的訓練計畫，在設備前就定位。

獅子不斷往槓鈴疊加槓片，直到要求的重量。他蹬直起槓，踩出足夠的腳距站定，然後深深吸氣，憋住穩定核心肌群後緩慢下蹲。雙腿肌肉因為對抗槓鈴與槓片施加的重量，被粗暴撐開，展現出來的肌肉線條明顯如刀刻。

儘管山區的夜晚帶著寒意，獅子的身軀不斷冒起熱氣，竄出無數汗粒。身負的巨大重量令他的臉孔漲紅，額頭浮出一條條蚯蚓似的青筋。

倉庫終於不再安靜，收購商們接連發出低沉喘息，表情也有了變化，終於像個真實的人。面目猙獰的獅子低吼，使勁撐起。來回反覆幾次，豆大的汗水不斷滴落，逐漸在腳下積成一圈。

完成這組的指定次數，獅子倚靠槓鈴用力喘氣。

這時候獾才終於出現。赤裸上身的他手抓單槓。為了增加負重，還在肩上掛著粗鐵鍊，隨著每次使勁拉起身體，壯碩的背肌便如浮雕清晰浮現。平常被制服遮蓋的斜方肌與闊背肌相當發達，手臂亦是粗壯嚇人。

若非如此，收購商又如何搬運裝屍的鐵箱？

比起驚人的體能，獾更令人畏懼的是臉部表情依然不見改變，活脫脫像戴著逼真的人皮面具。獅子有預感，獾會是收購商中最危險的存在。

××××

徹底力竭的獅子完成訓練，獨自回到貨車。他癱坐在副駕駛座，身體仍在出汗，雙腿不受控制地發抖。

他抹去汗水，慢慢調整呼吸，想趁獾返回前放空休息。

不料疲累的腦袋浮起混亂的思緒，盡是沒有答案的疑惑。有些是原本就趨近無解，有的則是放棄尋找解答，任憑它就這麼懸在那。懸著懸著，始終無法排解消化，只有越來越令他困擾。

在獅子思索自己是誰這個問題之前，一股無以名狀的消極感首先奪去思考的意願——我是誰很重要嗎？知不知道又怎麼樣？

失憶的他因此放棄找回身份及過去，就這樣留在大工廠。

「留下或離開是你的自由。只要選擇留下，你到死都屬於大工廠。」這是獾當初的聲明。

雖然失憶，獅子仍然留有社會的常識，知道收購商與大工廠是絕對見不得光的。他選擇成為收購商的原因很簡單，只因為哪裡都不想去了，走一步算一步，也不怕是否誤入深淵。

從此獅子跟著獾四處見習，回收被殺害的屍體、見識一個又一個兇手。這些人全無特定的特徵，跟性別、社會地位、樣貌都無關。唯一的共通點只有殺了人。

屍體什麼模樣都有，端看兇手喜好。獅子對此沒有抱怨，始終安分地回收所有屍體，直到蚵堅果的委託。

起初獅子以為收購商是類似清道夫的角色，現在看來並非如此單純。另一個新的疑惑因而誕生：收購商是否助長兇殺的發生？

在獅子看來，這些殺人犯正因為有收購商協助善後，才會越加肆無忌憚地行兇，所以收購商也是共犯。

我當然也是兇手。獅子心想，不單指回收屍體，前些日子他親手扭斷蚵堅果同夥的脖子。那感覺好不真實，原來人是如此脆弱易死的生物。

獅子回想起來也不敢置信，當下竟然毫不猶豫動手。是不是與這些收購商在一起久了，也固化成不會懷疑命令的工具？

「我能成為他們的一分子嗎？」獅子自問，但隨即否定。「我過去經歷過什麼，才會變成現在這種狀態？是不是弄得全盤皆輸，所以才不想面對？」

獅子空有疑問，卻無力探究。那股消極感又糾纏上來。他索性推開車門，踩進外頭的冷風。

距離獾的訓練結束還需要一段時間，獅子決定把握空檔探索附近環境。直覺告訴他，對這邊的地形掌握度越高越好。如果哪天決定脫離大工廠的掌握，他會需要迅速脫出這裡。

在直覺的驅使下，獅子越走越遠。無燈的山裡只有月光指路，不被光所觸及的地方無比陰暗，重重樹影交雜成陰森的奇形怪狀。蟲鳴的聲浪不曾停止，偶爾會從遠方傳來不知名的山鳥啼叫。

獅子記路並確認方位，逐步進入更幽深的地帶。

穿越陰暗的矮樹林，獅子面前的景色忽然開闊。平緩的坡地有一棟被石牆包圍的小木屋，牆頂裝有防竊賊的鐵刺。入口的鐵柵門半掩，並未關閉。

竟然會有人住在這樣的山裡，獅子心想，每次從市區返回大工廠時，上山的途中沒有見過其他人跡。

小木屋的一側另有鋪石小徑，獅子發現是通往大工廠的方向，不免猜想屋內的人跟大工廠是什麼關係？

他放輕腳步，緩慢接近。小木屋遠看不大，近觀發現所佔範圍其實不小，加上圍牆圈繞又更廣了。

獅子側身從半掩的鐵柵門鑽入。圍牆內滿是花叢，盛開的花朵寧靜綻放。獅子對花所知不多，只知道這些花的花苞飽滿，花瓣色澤鮮豔，顯然經過細心照料。

他稍微巡視便轉移目標，想從窗戶窺視屋內，確認這裡的住戶是什麼樣的角色。可惜每扇窗都被窗簾遮掩，獅子繞屋一圈後果斷放棄，決定另覓機會再來。

他再次鑽出鐵柵門，決定從另一邊的鋪石小徑離開。

小徑當然比穿越雜草叢來得好走太多，獅子的行進毫不受阻。走沒多少距離，他發現前方有人，立刻警覺地停下腳步。

獅子仔細一看，發現是個年輕女人。

女人穿著單薄的素樸黑洋裝，就這麼裸著雙足踩在泥巴地上。她仰著頭，及腰長髮如傾瀉的黑色瀑布。不知道是月光的關係，或是女人原本的膚色就是如此，月下的她白皙如初雪，散發不屬於塵世的純潔氣質。

女人盯著身前數朵白花，是完全不帶一絲雜質的純白。她抬起雙手，彷彿觸碰易碎的珍品，輕輕捧起其中一朵，深深凝望不放。

獅子決定另外尋路返回大工廠。就在轉身的同時聽到小小的驚呼。他扭頭一看，女人驚慌地捂著嘴，發現了他。

「我現在就離開……」獅子話說一半，女人卻向他奔跑過來。

獅子不解，嘴唇突然一陣冰涼。他愣住，原來是女人用食指按住他的嘴巴，還比出噤聲的手勢。雖然不明白為什麼需要閉嘴，但收購商最擅長的就是沉默，所以他什麼都不說了。

女人的眼睛睜得大大的，與初見的形象不同，此時透出少女的稚氣與純真。她保持手按獅子的嘴唇不放的姿勢，指了指獅子身上的收購商制服。

獅子再愣，這女的竟然要他脫掉衣服。

現在的情境實在太奇妙，妙得讓獅子決定就照女人說的作，看她究竟在玩什麼把戲？他脫去上身制服，露出寬闊的肩膀與雙臂，幸好內裡穿有無袖背心，不至於在女人面前裸身。

女人接過汗溼的制服，匆匆跑開，把制服掛到遠處的矮樹上，然後又踩著泥巴跑了回來。

微微喘氣的女人臉泛紅暈，雙手用力抓著裙擺不放。她的臉別向一旁，刻意避開獅子的目光。

「收購商不可以來這裡。」女人的聲音好小好小。

「我記得這個規定。」獅子知道。更確切來說，指的是收購商返回大工廠時，不可以任意行動，一切都得遵照既有的指示。

「被發現不好。」女人抓著裙擺的手指越來越緊，她慌亂的眼神如水黽般飄來飄去。

「為什麼要我脫衣服？」獅子不解。

「因、因為……有監聽器。」

「監聽器？」獅子追問：「每個收購商都有？」

女人難掩歉疚，彷彿是她犯的錯。「因為要監控你們，還有不能來這裡。」

「這裡是什麼地方？你又是誰？」

獅子的質問嚇到女人，女人膽怯地縮起肩膀。像害怕被責備的孩子不斷退後，拉開與獅子的距離。獅子也察覺到了，便放緩口氣：「對不起，不是針對你。」

「我、我是……」女人回頭望向剛才注視的白花，猶豫後終於決定：「我叫曇花……我一直都待在這裡……」

「你被限制行動？」獅子很懷疑大工廠到底還藏有多少祕密。

「不是，我沒辦法、沒辦法……」曇花沮喪地說。面對獅子的她無辜低著頭，盯著沾滿泥巴的纖細腳趾。從頭到尾就是不敢看向獅子，始終避免目光接觸。

這女人看來如此脆弱又容易受傷，讓獅子有股奇怪的熟悉感。他認真在想，失憶之前是不是經歷過類似的情境？那股消極跟難喻的罪惡感竟然又增強幾分。

我過去到底搞砸過什麼？是不是辜負了誰？獅子自問，有種撕心的疼痛。

在這瞬間，眼前的曇花似乎與誰的模樣重疊，令他痛苦得想要咆哮。如果可以重來、如果這是贖回的機會……

「我會再來的。」獅子請求：「你會幫我保密吧？」

曇花不可置信地抬頭，獅子越過她的身邊，取回掛在矮樹的制服。

離開的路上，獅子想著，這一次絕對不要犯下同樣的過錯。

五、閉眼或不閉眼

十年的新居有了新訪客。

「這地方好漂亮！」曉君剛進門就驚豔於北歐風格的裝潢，大聲直呼：「我以為頂樓加蓋的房子都很簡陋，沒想到這麼舒適！」

連背包都還沒放下，曉君直接一屁股窩進沙發，仰頭看著天花板輕盈旋轉的吊扇。她好奇地環顧室內，整體的色調跟布置很令人放鬆，似乎來到民宿。

這過度興奮的反應顯然讓十年不知所措。他刻意挑了稍遠的一張高腳椅坐下，只為保持距離。

「好像在放假喔。」曉君終於想到該把背包取下。一提起背帶，沉甸甸的重量立刻提醒現實的沉重，打破她以為正在民宿度假的幻想。

「我一定要找機會好好放假……」曉君哀怨嘆息，隨手把背包擱在腳邊。她是下班後來拜訪的，包裡還放著明早開會前需要全部看過並整理的文件。

一個衝動的念頭油然生起，她心想不如把這礙眼的東西往外一扔，讓它消失算了。但是想到老闆怒罵的嘴臉馬上打消念頭，只好轉移注意力詢問：「你從哪邊找來這麼好的地方？房租很貴吧？」

「湊巧發現的。」十年輕描淡寫帶過，順便迴避房租的問題。他不打算坦承以對，如果曉君發現這裡是命案現場，天曉得會有多震驚？

「你自己布置的嗎？」

「都是之前的屋主留下的。」十年沒有說謊。

「真好。我回去也要把租屋好好布置一下。」打定主意的曉君連連點頭。她從沙發上跳起，挖寶似地東晃西瞧。

曉君晃到與客廳相連接的廚房，兩者僅以吧檯作做為區隔而非牆壁。她看著不見一點水滴的流理檯，邊回頭問：「你沒有下廚的習慣？」

十年聳肩。

曉君「哦」了一聲，伸手就要打開冰箱。

「等……」十年出聲制止，但曉君已經打開下層的冷藏櫃，裡面簡單放著幾瓶礦泉水跟蘋果。

曉君不免驚呼：「你該不會只吃蘋果吧？」

「有時候會去巷口的超商買吃的。」十年快步走近，一把推上冰箱門，擋在曉君跟冰箱之間。

「你幹嘛？為什麼把我擠開？」曉君困惑地問：「你是不是藏了什麼東西？」

「蘋果很髒，還沒洗過。」十年說謊。

「喔……你太大驚小怪了啦！」曉君無奈搖頭，隨後認真地說：「你只吃這些真的很不健康，也不會飽。這附近有超市嗎？」

「你要做什麼？」十年提防地問。

「當然是買食材回來下廚囉！」曉君豎起大拇指。

相比曉君的興高采烈，十年卻是冷冷的，還略微皺眉。

她察覺到十年的臉色有異，便問：「你不喜歡啊？等一下，還是你不相信我的廚藝？我是很久沒進廚房了沒錯，可是簡單的煎蛋還有煮麵都沒問題，絕對不會害你拉肚子！」

不說話的十年一副就是想逃離現場的樣子，偏偏此刻的他身負擋在冰箱前的重大使命，完全動彈不得。

「吼唷！我會把食材都洗得很乾淨。你這個潔癖鬼。不然、不然我全程戴著手套，這樣你可以放心了吧？」曉君哭笑不得，這個吹毛求疵的男孩總有一天會把自己給逼瘋。

曉君往十年逼近。隨著兩人的距離縮短，十年慢慢、慢慢瞇細眼睛，有了麻煩的預感。果然曉君一把抓住他的手腕，嚷著：「走吧！一起去超市逛逛！」

「我很飽。」十年試圖抽手，像抗拒被帶去浴室洗澡的貓。

似乎是十年的反應太有趣，曉君笑嘻嘻提議：「沒關係呀，可以當宵夜。」

「會胖。」十年搖頭。

「我說啊，十年小弟弟，你就乖乖聽姊姊的勸，三餐要正常吃，尤其要挑選營養的食物。你要知道，你怎麼對待自己的身體，身體就會怎麼樣回報你喔！」曉君不由分說拖著十年就要往外走。

因為怕誤傷曉君，十年只能消極抵抗，不過嘴巴的攻勢倒是毫不留情：「開始強調輩份是變成沒用老人的前兆。」

「什麼沒用老人！」這話有效踩中曉君的痛處，氣得大聲反駁：「我才不是咧，我只比你大個幾歲好嗎!?也才從大學畢業兩年而已！兩年！」

十年絲毫沒有妥協的跡象。兩人僵持不下，曉君終於發現對十年來硬的無效，於是改變策略，委屈地說：「走啦，你就要這麼無情打擊我的信心嗎？走啦……」

最後在曉君軟硬兼施的連番攻勢下，心不甘情不願的十年終於依著她來到最近的家樂福。

得逞的曉君很高興投入十元硬幣推來推車，害十年訝異地問：「要買這麼多？」

「沒有啊，但我就想用推車。小時候全家人去逛超市，我跟弟都會爭誰要坐推車，每次都被爸媽臭罵，說我們兩個好吵。」曉君露出懷念的笑容。「好久沒跟人一起逛超市，尤其是上台北之後。」

曉君推著推車，快速穿越家電跟生活雜物的展示區，直接進攻生鮮食品區。十年一路尾隨，沒有對兩邊陳列的商品顯露多大的興趣。現在時間為晚上八點過後，由於是平日所以顧客不多，只有零星幾組客人漫步在寬敞的走道之間，物色所需的商品。

曉君突然回頭，露出不懷好意的笑容。「你要不要坐推車？」

「絕不。」十年一口回絕。

雖然十年從小就遭囚禁在育幼院而鮮少與外界接觸，但他自幼就缺少孩童的天真爛漫，尤其是在已經成年的這個歲數，更不可能對推車產生興趣。

「嘖嘖。太可惜了。坐推車真的很有趣喔！」曉君惋惜搖搖頭，惹得十年一陣惡寒。

抵達生鮮食品區，這裡少去沐浴乳跟洗髮精之類的氣味，多了淡淡的蔬果香氣，還有遠從熟食區飄來的麵包甜味。

曉君把推車停放在角落，然後愉快地湊在蔬果堆前。她拿起牛蕃茄打量，先用手掂了重量，從中選出幾顆新鮮又色澤漂亮的。然後是洋蔥與胡蘿蔔、青蔥。直到抱了滿懷的蔬菜後，曉君才返回推車這邊，一股腦把東西全放進推車裡。

「不挑食吧？」樂在其中的曉君隨口問。反正她的打算是如果十年挑食，就糾纏他直到全部吃光。

一直在推車旁等候的十年無所謂地點頭。曉君不知道十年在育幼院的那段成長經歷，即使是再難以下嚥的食物對他來說都不成問題。比起口味，十年更在意食物的乾淨程度。

曉君沒有逗留太久便轉戰下一處選購其它食材。看著如此投入的曉君，十年有股奇異難辨的感覺。有點癢癢的，像被什麼搔著似的。

「十年！」曉君突然驚呼。

聽到呼喊的十年快步上前，同時滑出藏在袖中的小刀，暗暗扣在掌心。卻見曉君眼睛發亮地指著冷藏櫃的梅花豬肉片，上頭貼了個黃色標籤註明「五折特價」。

十年無語，默默將小刀藏回袖子。

「幹嘛啊？怎麼這種表情？」曉君順手抓了兩盒，偏頭思考幾秒鐘之後再多拿兩盒。她得意表示：「難得下廚，要讓你吃得很飽才行！」

十年依然無語。

離開家樂福的時候，主動幫忙的十年雙手各提大袋食材。兩手空空的曉君則滿腦子想著要好好展現幾乎生鏽的廚藝。

兩人並肩而行。路過車潮洶湧的街頭時，十年突然止步，警戒地盯緊遠處。

「怎麼了？」曉君跟著停下。

「沒有。」十年隨口帶過。

「是不是太重了？幫你拿一袋。」曉君伸手就要拿。

十年搖頭。「走吧。」

回到頂樓小屋，迫不及待的曉君開始準備。不過當她發現站在一旁面有難色的十年之後，便先放下食材，改從袋中翻找特地買的手扒雞手套戴上。

「這樣你可以安心了吧？」曉君沒好氣地說，就差沒翻白眼。「別在這邊礙事，到一邊坐著等麵上桌。」

被趕出廚房的十年沒有在客廳坐下，而是直接走出門外。他在矮牆邊俯瞰樓下巷道，來去的人車看不出異狀。

十年確信被人跟蹤，可惜剛才的反應過大，應該不露聲色假裝沒事才對。他思考會是誰在背後跟蹤？又是什麼時候洩漏行蹤？

會是姚醫生嗎？但雙方已經就某種程度達成和解，如果姚醫生真要亂來，以豪應該會制止她。十年轉念一想，以豪對姚醫生始終唯命是從，假如姚醫生又起惡心，恐怕以豪也會照單全收，完成所有要求。

不過，姚醫生應該失去擺弄他的動機了。十年食指輕敲著水泥矮牆，繼續思索。往另一個方向思考，剩下具有嫌疑的多半是傑克會了。

這些嗜血的瘋子終於注意到，十年這個在暗地獵殺他們的存在了？

「可以吃囉！」曉君探頭呼喚，打斷十年的思緒。

返身回到屋內之前，十年再往巷口看去。沒人，對方現在究竟身藏何處？

在曉君興致勃勃的帶領下，十年來到桌邊。桌上放著兩碗冒著熱氣的麵，還有一盤炒肉，陣陣食物的香氣不斷撲鼻而來。曉君把筷子塞進十年的手裡，叮嚀著：「全部都要吃完喔，這些都是我精心料理的！」

十年打量眼前的麵，白色寬麵條上是切塊的紅色牛蕃茄跟段狀青蔥，以及軟嫩的豆腐，清澈的湯裡漂著蛋花。肉片是用醬油膏跟蒜片一起拌炒的，香氣十足，在燈光下反射著誘人的油光。

「快試試看！」曉君期待地盯著十年。

他看看湯麵又看看炒肉，最後選擇先夾塊蕃茄入口。雖然調味偏淡，不過新鮮的蕃茄味道不差，咬下時相當多汁，蔥的口感也足夠清脆。認定這麵沒有問題，放心的十年大膽夾起麵條。

曉君夾了塊肉放到十年碗裡，「喏，還有肉。因為肉煮得比較鹹，所以麵就走清淡路線囉，這樣應該剛剛好。味道還可以吧？」

十年捧場地點頭。

曉君欣慰微笑，跟著動起筷子。忙碌一整天，食物入口後她才發覺真的餓壞了。

十年倒沒有發現她狼狽的吃相，捧著碗慢慢喝起熱湯。這種暖暖的感覺很不自在，既陌生又熟悉。

小姊姊的臉孔忽然在腦海浮現，但變得有些模糊。十年用力回想，試圖記清她的面容與聲音，腦內的影像卻越來越朦朧，像隔了層霧，而十年伸手不見五指地從中找尋。

早早吃完的曉君把空碗放到流理檯，發現剩餘的食材還沒有妥善冷藏，所以整袋拎到冰箱旁。她知道十年的小冰箱不夠完全置入這些食材，還得挪一些放到冷凍庫才行。

陷入回憶迷宮的十年依然失神，毫無防備的曉君就這麼順手打開冷凍庫，然後是無法避免的尖叫。

驚醒的十年看見坐倒在冰箱前的曉君，冷凍櫃還塞著慘死的男童。他快速衝過去關上冰箱，繼續封印住那噩夢般的產物。

曉君被嚇出眼淚，顫聲問：「那、那是什麼？」

「前屋主留下的。」十年伸手要扶曉君，但全身癱軟的曉君連站起來都有問題。十年自責嘆氣，選擇陪她一起坐在地上。

驚魂未定的曉君睜大著眼，完全不能理解：「為什麼？」

「你知道得越少越好。」

「我們第一次見面的時候，你也說過類似的話。」曉君忽然笑了，儘管笑得很僵硬又不自然，此外還伴隨著落下的眼淚，但她的確笑了。「你仍然跟那些人在糾纏，對嗎？」

無語的十年等同默認。

「為什麼是你一個人背負這些？」曉君不明白，「沒有其他選擇嗎？」

「沒有。」十年答得很快，甚至不必思考。

「你是我見過最固執的人，」曉君說，「我……其實沒有要阻止你的打算，我知道阻止不了，你大概也不會聽進去。我就是覺得不公平而已，為什麼是你、為什麼非你不可？」

我更寧願死的是我，不是小姊姊。十年心想，默默取出面紙遞給曉君。她的眼淚未停。

「答應我，一定要平安無事。」曉君乞求，「好不好？」

「我不會有事。」十年說得果斷簡短。

× × × × ×

曉君的情緒好不容易才平復，她用力擤過鼻涕，自嘲地說：「好丟臉，在你面前哭成這樣。時間不早，我要回去準備明天開會的資料了。你……要保重喔！」

曉君匆忙揮手告別，打開安全門快步下樓。在一樓的門口她忽然止步，還是忍不住擔心十年，不想就這麼離開。身後有人接近，曉君才發現擋了人家的路，立刻退到一旁訕訕道歉：「不好意思……」

結果那人根本是十年，曉君訝異詢問：「你為什麼也下樓？」

「你的車停哪？跟你走一段。」十年這突然的貼心舉動讓她措手不及，還愣在原地，好不容易才會意過來。

「啊……喔！」曉君點點頭。為了方便所以把車子停在不遠處，離這棟樓只有十公尺左右的距離。那臺老舊的二手機車像上個世紀遺落的古物，車殼積著經年累月的髒痕。她取出塗漆剝落的安全帽戴上。

十年等在一旁。雖然面向曉君，實際上是凝神注意周遭所有動靜——又來了，又再窺視了，那絕非友善的視線正望著此處。

「那我走囉。」曉君再次向十年道別。話剛說完，十年忽然整個人靠上來，兩人貼得好近，近得不足一個呼吸的距離。

困窘的曉君頓時耳根發熱，整張臉漲得通紅。她小聲問：「十、十年？」她的一顆心噗通狂跳，躊躇是否該閉上眼睛才好？這種時候都要閉眼才對吧？可、可是這樣的進展會不會太快了一點？

「不要直接回家，多繞幾圈。最好先往反方向。」與曉君以為的進展不同，十年湊在她的耳邊低語，聲音冷得像冰。「這幾天出入注意。」

「又是那些人？」曉君緊張不已，始終沒忘當初被傑克會綁架的情景。

「一切小心。」十年後退一步，順勢蓋上曉君的安全帽面罩，恰好藏住她不安又慌張的臉龐，避免她的表情露餡。

目送曉君騎車離開，十年假裝什麼都沒發現，但已經辨認出窺視者的方向。雖然擔心曉君，但十年無法全程護送她到家。因為對方的目標是自己，曉君越是待在他的身邊，處境越是危險。

曉君離開後，那不善的窺探視線依然沒有消失。十年這才放心，至少短時間他們不會找上曉君，應該是完全鎖定自己。但只限於短期，時間一久難保不會拖累曉君。他必須要儘快解決對方。

十年垂下手臂，任由袖中小刀滑落至掌心，反手握緊刀柄。這堅硬冰冷的觸感比什麼都還要令他熟悉。

這才是十年真正身處的世界。

六、二選一的女士優先

連日以來的天氣令人沮喪。

陰天霸佔大多數的日子，慘淡的烏雲不見盡頭般綿延，籠罩台北的上空，颳來令人憂鬱的風。雲層下一棟棟聳立的水泥高樓像死去多時的巨獸，如蟲子四散的行人對這些屍骸喪失興趣，盲目地背離走遠。

只有在極少的日子灰雲才肯散去。放晴的時刻總是奢侈而短暫，更多的是突來的驟雨。

今日，又是雨天。

獾靠著椅背，盯著眼前擋風玻璃上不斷滑落的雨水。這場雨看來短時間內不會結束。

獾與獅子一如往常在貨車待命，兩人鮮少交流。關於收購商的行動準則，獾已經全數告知，現在的任務是帶領獅子實際執行。

收購商的工作內容說來單純，不過就是把屍體帶走罷了。他們安靜不囉唆，俐落處理掉每個委託人的「小麻煩」。

接觸的委託人多半非屬善類，收購商必須擁有自保的手段。幸好在多數的場合，收購商要比這些委託人來得更具威脅性，所以委託人不會輕易招惹。何況收購商是如此便利又保密，傻子才會想找他們的麻煩。

可惜人多必有白痴，總有不長眼的人破壞規矩。儘管事前契約註明所有的注意事項，但愚蠢的蚓堅果恐怕連腦袋也塞滿肥油。

從此獾少了一名委託人，對收購商的日常沒造成多大影響，隨時有新的委託人準備遞補。

「呼叫獾，委託人代號蛙卵，初次委託。一具待收，地點中山區……」加密廣播派來委託。

駕駛座上的兩隻獸彷彿從沉睡中同時甦醒，獾發動貨車，獅子往導航系統輸入地址。

天雨路滑迫使車輛只得減速行進，接近指定地點時，擁擠的車流更是開開停停。貨車進入捷運民權西路站附近的商圈。下雨趕不走隨處可見的路人，所以獾覓得一處相對隱密的巷弄停車。

沒有撐傘的兩人無視滂沱大雨，踩過巷弄的遍地水窪，轉進大馬路旁的騎樓。

委託人「蛙卵」已經在那等待了。是個帶著世故笑容的壯年男性，簡單白襯衫配剪裁良好的西裝背心，西裝褲下是發亮的皮鞋，不帶一點多餘的裝飾。從容的態度像是真的在等待宅配商品送來。

看見淋溼的獾與獅子，蛙卵有些訝異。「怎麼沒撐傘？」

「方便。」獾回答。

「這樣啊，」蛙卵招呼：「請跟我來。」

他指了指半升起的鐵捲門，帶著獾與獅子踏往通下的階梯，每一階都留下溼漉的鞋印。盡頭是一扇玫瑰金色澤的不銹鋼門，靛色的招牌上印有飄逸的金色字體——Whitechapel。

蛙卵推開門，邀請兩名收購商入內。原來是間燈光昏黃的酒吧，瀰漫慵懶的氣息，很適合飲酒放鬆。現在並非營業時間，當然空無一人。

「喝點什麼？我招待。」蛙卵走進吧檯，從酒櫃數以百計的酒類中取來威士忌，注入玻璃杯。

「東西在哪？」獾無動於衷。

「看來你什麼都不想喝。後面那位呢？」蛙卵問。

抱著裝屍箱的獅子搖頭。

「你們真是太客氣了。」蛙卵莞爾。他脫下西裝背心，仔細將之掛上椅背。他打開牆邊的小蓋，露出內藏的按鈕。

蛙卵按下其中之一，隨後傳來鐵捲門降下的嘰嘎聲響。他解釋：「保險起見，避免有好奇心旺盛的路人誤闖。請跟我來，就在裡面。」說完領著兩人經過吧檯，不忘順手帶上威士忌。

酒吧盡頭有一扇門。蛙卵從口袋取出鑰匙解鎖。

門後的空間足夠寬敞，可以容納被綁來的兩名預定受害者。一男一女，看上去是年約三十歲的上班族，各被一條粗鐵鍊牢牢地捆住腳踝。鐵鍊的另一端掛在天花板突出的巨大掛勾上，垂晃的雙手被手銬銬住。嘴巴則塞有紅色的口球，夾雜細小泡沫的唾液沿著臉頰逆流到額頭，黏溼了頭髮。

在場全是活人，不見屍體。

「活的不收。」獾聲明，接著補充：「數量不對。」

按照大工廠的指示，要被回收的屍體只有一具。

「讓我確認，我當時是說一具而已，沒錯吧？」蛙卵問。

「沒錯。」

「那就好，因為今天只有一個人會死。稍微耽誤你們的時間，不急吧？真的不來杯喝的？」蛙卵舉杯致意，啜了一口威士忌。「出於個人的表演慾，我喜歡動手的時候有人在旁邊看著，可以讓兩位全程觀賞真的讓我很興奮。」

蛙卵舔了舔嘴唇，特別強調：「興奮得頭皮發麻。」

「儘快。」獾以慣有的不帶感情的口吻催促。

「稍等。」蛙卵放下威士忌，快步跑到角落的木箱翻找，從不斷傳來的金屬碰撞聲，可以料想是在找稱手的兇器。

最後蛙卵拿了一把切肉刀返回。他來回轉動刀柄，刀鋒在燈光映照下反射出銳利的光。

「兩位覺得要從誰開始才好？是這邊的紳士或是這位淑女呢？」興致高昂的蛙卵興奮詢問，像個等不及要拆禮物的孩子。

玃沒有回答，獅子更是從不說話。

蛙卵口中的紳士與淑女顯然被倒吊多時，充血的腦袋讓他們的神智有些恍惚，但是意識再如何混亂都不會傻到錯判現在的處境——蛙卵打算活宰其中一人。

倒吊在半空的兩人開始掙扎，鐵索與手銬發出鏘鏘、鏘鏘的聲響。硬塞在嘴裡的口球阻礙他們發言的機會，只剩卡在喉嚨的求救悶響。

「該從誰開始才好？」蛙卵的眼珠子左右轉動，笑意越加強烈。他誇張咧嘴，像從恐怖電影蹦出的猙獰小丑。

「該、從、誰、開、始、才、好？」蛙卵再次詢問，還特別一字一字頓住。可惜換來的仍然只有收購商們的沉默。

這是規則，收購商必須保持中立。所以該殺誰、誰會死都不關他們的事。

蛙卵顯然明白自己的發問是徒勞無功，所以拍了一下手，自顧自宣布：「好吧，讓我來決定。」

他彎下身，分別解開那對男女的口球。口球一離嘴，女的馬上衝著收購商大叫：

「救命！救救我！」男的也不斷大喊：「快點報警！快！」

收購商們對兩人的呼喊亦是不予理會。

「昨晚偷聽到兩位的聊天，你們的關係是同事對嗎？」蛙卵對著激動叫喊的男女問，可是這對男女只顧拚命求救，根本不理。

「這位先生，你是不是對小姐有意思？」蛙卵繼續問。他的聲量當然不敵這對男女的大聲呼救，變成只有自己才聽得見的呢喃似的獨白。

被徹底無視的蛙卵拋甩酒瓶般將刀反握，隨即以刀柄痛擊男人的腹部。

男人皺臉乾嘔。不料這一嘔之後，喉頭便無法克制地鼓脹，接連吐出大灘酸臭的液體，全是昨晚下肚的酒水，逆流的穢物沾得滿臉都是。

那女的望見男人的慘狀，跟著閉嘴。

「很好。」蛙卵滿意點頭，「你想追求這女的對嗎？」

被調教的男人乖乖點頭，終於懂得要安分回答問題。

「你呢？對他有意思嗎？」

女人愣了愣，遲疑著望向一起被倒吊的同事。這個滿臉沾著發臭酸液的男人以猶豫的目光回望，既期待又怕受傷害。

「不要說謊，要正視自己的心意。」蛙卵溫聲鼓勵。

女人深深呼吸，鼓起勇氣坦白：「完全沒有。他真的好噁心！」說完開始大哭：「我明明不想喝酒，為什麼你還要硬拖我來？為什麼！都是你害的！嗚嗚……嗚……」

男人傻住，本來以為患難中可以聽見心儀已久的女同事答應追求，哪知道……

「太好了，我明白要先殺誰了。女士優先！」蛙卵興奮宣布。女的放聲尖叫，瘋狂扭動起來，手臂划水似的胡亂擺動。

蛙卵刻意緩慢舉刀，嚇得女人慌恐哀求：「不要、不要……」

「不要害怕。很快就結束了。」蛙卵像在安撫怕打針的幼童似的。他露出令人膽寒的笑臉，伸手奮力一捅，刀尖直接刺進柔軟的腹內。

慘叫的卻是那名男的。

蛙卵鬆手，讓刀留在男人的身體裡，然後開始解開男人的襯衫鈕扣，露出鬆垮的噴血肚皮。「太好了，這麼軟的肚子，要切開它一定很簡單。」他捏起男人的肚皮，秤豬肉似的使勁掐了幾下。

女人緊緊閉眼，完全不敢再看。獾一如往常面無表情，甚至有那麼一絲覺得乏味的成份存在。

蛙卵緩慢抽出部份的刀身，然後故意停頓，接著再抽出一些……又突然停住，如此反覆玩弄，男人的哀叫聲隨之產生高低起伏的變化。

完全拔出切肉刀的時候，蛙卵還故意將鮮血甩在女人的臉上，嚇得她崩潰亂叫。

「抱歉，我沒注意到。」蛙卵的笑容不帶歉意，燦爛得像第一次到遊樂園玩耍的孩子。他完全沉浸在玩弄這兩人的喜悅裡，甚至有些得意忘形。

獾雙手抱胸，正要出聲催促，但他聽見身側的獅子呼吸變得急促。回頭一望，只見獅子的臉孔變得蒼白，抱著箱子的手掌彎曲成爪狀，緊扣鐵箱邊緣的指尖因為過度用力而泛白。

「讓我找找看。」還沒盡興的蛙卵拉扯男人腹部的裂口，手掌慢慢伸了進去，腹腔內的鮮血經過擠壓加速溢出，流淌到男人的頸子與下顎，爬滿他的臉頰直至落地。

男人嚎叫著，像荒野即將喪命的動物死前發出的最後叫聲。

獾沒有看到這一幕。他在監視獅子的反應，要區辨獅子是出於恐懼或是不忍心。無論是何者，獅子都不能有多餘舉動。這意味不能因為害怕而逃跑，也不可以制止委託人。

但蛙卵的確是有些過頭了。實在佔用太多時間。

「就是你了！」大叫的蛙卵用力抽出手臂，就這麼把男人的腸子掏拉出來。鮮血潑灑在蛙卵身上，挖腸的手臂浸染成濃稠的溼紅。

「看著，這是你肚子裡的東西。」蛙卵手捧腸子蹲下，獻寶似的想讓男人看個仔細。可惜男人的瞳孔再也無法聚焦，女的也因為驚嚇過度而昏死。

「我想差不多了。」蛙卵收斂笑容。男人死得太早，害他沒能徹底滿足。

「下次要死了才能發出委託。」玂提醒。

「可是我需要觀眾。」蛙卵堅持他的需求，一邊解開男人腳踝的鐵索，任由屍首摔落在地，撞出四散的點點鮮血。

「死了才能發出委託。」玂再次強調，不忘觀察獅子。幸好獅子仍知道該做什麼，正謹慎地將屍體裝入箱中。

待獅子裝箱完畢，玂便率他離去。不等蛙卵升起鐵捲門，玂自動操縱開關，推門離開。

雨仍未停，兩名收購商雙雙踏進濛濛的雨幕。玂不得不承認，清涼的雨水氣味遠比濃重的血腥味來得要好，而且好得太多。

一身溼的獾鑽進駕駛座，但獅子遲遲沒有上車。獾透過後照鏡觀察，看見獅子蹲在水溝蓋旁嘔吐。他沒有下車關心也不催促，當什麼都沒看見。

淋得更溼的獅子終於上車。不發一語的獾踏下油門。無論是各種各樣的屍體也好、莫名其妙的委託人也罷，都是作為收購商的一環。

獅子得學會適應這些。時間還長，他會習慣的。

×××××

那雙踩過血窪的皮鞋在地板留下一行血腳印。蛙卵走到牆邊，所有的牆面都經過特殊的隔音處理，只為打造這座最鍾愛的處刑場。

牆面從外觀看不出異樣，只有蛙卵知道其中祕密。他鎖定一面牆塊，然後取下它。裡面放著隱藏式的攝影機。蛙卵檢視剛才錄下的影像，畫面捕捉得相當不錯，清楚紀錄了男人被虐殺的過程。

他回到女人面前，脫下染成紅色的襯衫使勁一扭，只擠出幾滴鮮血。他失望搖搖頭，扔掉襯衫，伸展緊繃的肩膀與手臂肌肉。

蛙卵裸露的胸膛有個突出的肉疤，形狀正好是英文字母的Ｊ。

七、不回答就釘眼

「叮。」烤箱跳出清脆的提醒音。

以豪套上隔熱手套後打開烤箱，濃郁的奶油香氣瞬間盈滿廚房。他拉出烤盤，剛烤好的瑪芬蛋糕蓬鬆得像冬日早晨的枕頭，讓人想深陷其中。奶油黃的色澤恰到好處，表面半融化的巧克力豆令蛋糕看起來更加可口。

他將幾個瑪芬蛋糕分裝到托盤上。對於瑪芬蛋糕，姚醫生喜歡吃放涼的，因此以豪不急著送去她面前。

以豪一面想著該準備什麼飲品讓姚醫生配著吃，一面端著托盤穿越停車場，來到變電箱偽裝的祕密入口前。

當以豪拉開變電箱蓋時，通往地下深處的黑暗裡傳來男性的痛苦哀號，令他不禁皺眉，謹慎而緩慢地拾階走下。

在陰暗地下室的正中央，那唯一光源的吊燈映照之下，一個痞樣少年被手銬及腳鐐固定在鐵椅上。身穿的潮服T恤被從中剪開，露出乾瘦的胸膛。

少年裸露的身體布滿數個紅色小孔，絲狀的鮮血從孔洞蜿蜒流出。本來就醜陋的臉孔也沒能倖免，半睜的左眼皮鮮血淋漓，數根大型釘書針胡亂扎進眼皮。

痞樣少年像乞憐的狗兒般無助，僅能勉強睜開完好的右眼，害怕地望著在他面前的女孩。

從以豪的角度看去只能望見女孩的背影，他聽到金屬器具的開闔聲響，女孩正在裝填著什麼。

女孩裝填完畢，將手中的物事按上痞樣少年的右眼。原來是釘槍。

「傳翰在哪裡？」女孩的聲音透出與年紀不符的冷酷。

「我不知道！我沒看過他啊！誰、誰是傳翰？」痞樣少年急得哭出聲，但他不敢亂動，怕女孩就這麼扣下釘槍。左眼正是因為他妄想避開才被毀掉的，至於身上的孔洞不過是女孩招呼的前菜。

「傳翰在哪裡？」女孩重複著同樣的問題。早在以豪出現之前，她便問了不下近百次。

「不知道、真的……呀啊啊啊！」隨著釘槍突然扣發，痞樣少年應聲慘叫，中邪般狂甩著頭，瘋狂地想把右眼的釘針甩掉。

以豪不禁嘆氣，這個傻女孩真的走火入魔了。他端著托盤走近，輕聲呼喚：「培雅。」

女孩回頭，垂在身側的釘槍滴著血。或許是連日待在地下室的緣故，她看起來有些憔悴，臉頰的零碎血跡襯得肌膚更是蒼白。

「停手吧，這個人什麼也問不出來。」以豪勸著：「吃點東西休息。」

「那換個問題。」培雅再次舉起釘槍，按上痞樣少年的嘴唇，嚇得他緊抿著嘴。

培雅質問：「鬼哥在哪裡？」

痞樣少年嗯嗯嗚嗚地搖頭又點頭，抵住嘴唇的釘槍讓他不敢開口回話，怕釘子就這麼噴進嘴中。不過保持沉默同樣無效，培雅又一次扣下釘槍。

「咿啊啊啊啊啊啊啊啊啊啊！」少年放聲慘叫，在空曠的地下室迴盪不去。

以豪乾脆出手制止，擱下托盤後扣住培雅手腕，強硬地取走釘槍。培雅沉著臉，露出無法諒解的敵意。

「不要阻止我。」培雅想奪回釘槍。

以豪按下她伸來搶奪的染血雙手，還發現那厚重的黑眼圈。「真的夠了。你多久沒有好好睡覺了？」

「還我。」培雅不死心。

「不行。」以豪將釘槍藏到身後。

培雅抓住以豪的衣領，像溺水的獸掙扎著尋求浮木：「我要知道他在哪裡……」

又是傳翰。以豪心想，這個人就像從地球表面失蹤似的，即使委託大衛杜夫也查不到下落。

對於培雅跟傳翰之間的糾葛，以豪所知有限。他始終納悶那個人到底有多重要，可以令培雅劇變成現在的模樣？她越發偏執冷血，下手時不再猶豫，為了得到答案不惜一再折磨、逼問這些綁來的鬼哥手下。

清洗室的大水槽還泡著一具屍體，是昨晚被培雅親手溺斃的。

「我會幫你找到他，前提是你要休息。」以豪苦勸。

他發現培雅雖然情緒激動，揪著他衣領的手卻是軟弱無力，整個人連要站穩都有困難，全是在強硬苦撐。剛才能扣下釘槍對培雅恐怕也不輕鬆。

似乎是體力終於瀕臨極限，培雅鬆手後脫力跪倒。她垂著頭，肩膀無力縮起。「說好了喔……」培雅低聲說，嘴唇喃喃蠕動，呢喃著以豪聽不見的話語：「不要跟大騙子一樣……說謊。」

培雅虛弱說完，身子忽然倒向一邊。以豪趕緊蹲下確認她的意識，幸好只是過於疲累所以體力不支。

他無奈地想，剛烤好的瑪芬蛋糕恐怕培雅是沒機會吃到了。

「大哥，你放我走好不好？我保證什麼都不會說出去！」痞樣少年趁著培雅昏睡，趕緊向以豪哀求。雖然受到刑求的身體殘破不堪，但他仍如蟑螂頑強，沒有放棄求生的機會。

以豪眉毛微抬，隨後和善表示：「只要你保密，當然沒有問題。」

如釋重負的痞樣少年失聲痛哭，滿嘴血沫的他口齒不清地連連道謝：「謝謝你謝謝你、謝謝大哥……」若不是被束縛在椅上，或許會跪下磕頭也不一定。

以豪走到痞樣少年的身後。「現在就幫你解開。」

「謝謝！謝謝！」痞樣少年一再點頭，想著終於可以脫離那惡鬼般的女孩魔掌。

他的連連道謝突然被帶血的悶哼中斷，一把錐子刺進他的頸中，毀去過於愚蠢的美夢，連帶刺破頸動脈。

以豪手握錐子，本想直接拔出，但顧及血會亂噴得四處都是，還要收尾實在麻煩所以作罷。他心想：「我又不是十年，才沒有把現場弄得亂七八糟、然後享受打掃乾淨的癖好。」

所以他就這麼扔下斷氣只剩時間問題的痞樣少年，小心扛起昏迷的培雅。培雅本來就纖瘦，但扛在肩上更是超乎意料的輕。以豪不禁認為，恐怕在她找到傳翰之前會先把自己給折磨致死。

以豪把培雅帶回三樓的房間，將她安置在床上，然後從浴室取來沾溼的毛巾，細心抹淨培雅每根手指沾染的血跡，然後是臉頰。最後解開帆布鞋的鞋帶，替她脫去鞋子並蓋好棉被。

望著培雅的睡臉，以豪惋惜地想：如果哪天姚醫生也能這樣讓他照顧就好了。可惜姚醫生從不會讓自己落得如此狼狽，她總是那樣優雅高貴。

「好好睡吧。」以豪對著空氣說，關燈離開。

在下樓的途中，以豪不免思索起來。雖然培雅的轉變令人垂憐，但他更在意的是暗藏的危險。這是培雅的本性、或是被環境逼就才造成的扭曲？

以豪心知自己沒資格譴責培雅，但姚醫生的安全始終是第一優先。難保培雅有天不會反過頭作出危害姚醫生的舉動。現在的培雅已經不是初識時的懵懂少女了，必須慎防。

端來預先放涼的瑪芬蛋糕，以豪進入二樓的會客室。姚醫生人在更裡面的諮商室，正在翻閱文件。

以豪佇足門外，不肯輕易打擾。對他來說，單是凝望姚醫生就已足夠。他看著姚醫生，看她偏頭時順著一邊垂落的髮絲，還有始終帶著淺笑的微彎嘴角。

除卻製作甜點，以豪最專注的時刻便是與姚醫生相處的每分每秒。最初開始嘗試甜點烘焙，就是為了滿足姚醫生。

以豪忽然明白培雅的偏執，倘若有天姚醫生失蹤，自己絕對會更加瘋狂，不顧賠上任何代價都要找出她。

說穿了，他跟培雅都是傻子。

苦笑之後，以豪的視線看回原處，正巧與姚醫生四目相交。

「吵到你了？」以豪問。

「沒有。我假裝沒發現，好奇你可以在那裡站多久？」姚醫生調皮地說：「快進來。」

「你希望我站多久，我就會站多久。」以豪捧著蛋糕來到桌前，「這次我試做巧克力口味的。如果不喜歡，下次再換回藍莓。」

姚醫生微微一笑。「臉色怎麼這麼難看？」

果然藏不住，在她面前的自己真的沒有任何祕密。以豪勉強擠出笑容。

姚醫生招手示意他再走近一些，於是以豪順從地繞過桌子來到她的面前。他從不拒絕姚醫生。

姚醫生拉起以豪的手，輕輕晃著。「在擔心培雅？」

「是擔心你。」以豪沒有隱瞞心中的疑慮：「你好像逼出了一頭怪物。」

「這樣很好，我喜歡她的轉變。」姚醫生的淺笑裡有藏不住的欣慰。

「她手段凶殘的程度完全不下傑克會。」以豪擔憂地提醒：「培雅還不明白她的父親為什麼會死。」

「知道了又能怎麼樣呢？」姚醫生自信地反問。

她頓了頓，指尖搔著以豪的掌心。「培雅必須倚靠我們，否則怎麼找到傳翰？連大衛杜夫都找不到人，說不定是死了。我很想看看，培雅能夠堅持多久？在這樣漫長註定沒有結果的歷程中，她到最後會有什麼變化？」

「好可怕的惡趣味。」以豪說。

「你不喜歡？」姚醫生伸手，碰觸以豪的下巴。

「怎麼會。」

他彎下身，與姚醫生親吻。

八、終於登門的貴客需要喝茶

一輛黑色休旅車駛進巷中。

似乎是顧及雜亂停放的車輛，休旅車因此減速慢行。經過其中一棟公寓時，休旅車的速度又再放慢幾個檔次。

貼著隔熱紙的深色車窗後方，藏著窺視的目光。

監視多日並非一無所獲，就在今天終於覓到難得的機會。目光的主人為此竊喜，有些事不能明目張膽執行，需要足夠隱密的地點。

目標此時的所在地正好非常理想。加上只要堵死唯一的出路，除非目標選擇跳樓否則無法逃脫。

他想著動手得趁早，等到夜深就已經太遲，任何一點騷動在深夜都會過於明顯，恐怕驚動附近的居民。時間是晚上九點多，正好是多數加班的上班族以及補習班學生的返家時段，稍微製造噪音也無妨。

如果有機會選擇，他更希望可以布置完整的圈套，引誘目標掉進陷阱。可惜沒有那種餘裕，因為目標是個會反咬獵人的獵物。他們發現得太晚，已經有幾人命喪目標之手，必須趁早解決。

就這樣決定了。他與駕駛座的同夥交換眼神後下車，匆匆竄入那棟監控多時的老公寓。如同這幾日的監視，布滿鏽跡的入口鐵門始終維持敞開的狀態，其中一扇更是早就脫落，毫無戒心地歡迎他的進入。

目標位在頂樓。

他數著樓層，穿越那些沒有察覺異客來訪的無知住戶。這棟樓因為老舊沒有裝設監視器，不必擔心留下影像，相對也沒有電梯，這讓他浪費些許時間。站在通往樓頂的階梯前，他的後背已經泛出一層熱汗。

不單是入口，連樓梯盡頭的安全門也是大開。讓原本準備解鎖的他暗自竊喜，可以將多餘的力氣省下，全部拿來對付目標。

冷冷的晚風颳進積著煙臭的樓梯間，吹拂到他的臉上。那股冰涼令他的精神越加抖擻。

既然來到這裡，就再無掩飾的必要。他調整呼吸後拉開防風外套，露出藏起的牛皮刀鞘。

他抽出刀，刀身足有四十公分，刀刃呈現不規則的鋸齒狀。這種特殊設計能夠完全切斷肌腱，施予更大的折磨。他撫摸光滑的刀身，一陣酥麻的快感從小腹湧上，令他不自禁地哆嗦。

折磨。他發出帶臭的灼熱喘息，多美好的詞彙！

他陷入小小的猶豫，待會要直接了斷或是先凌虐一番？這個問題令他下意識摸著右胸，衣服底下藏著的印記提醒自己是什麼身份。不必胡思亂想了，答案只有一個。

他舔了舔嘴唇，將刀舉在身前，跨上最後幾段的階梯。

頂樓的加蓋小屋透出溫暖燈光與音樂，聽起來是鋼琴跟長笛，是交響樂？對音樂不瞭解的他胡亂猜測，很快就拋開不想。這些都無關緊要。

目標未免太有閒情逸致，這種悠閒洩漏了目標有多愚蠢。不必要的音樂正好可以掩飾任何不速之客的腳步聲。

現在的他順利潛至門口，悄悄把門打開一條縫窺視。客廳無人，想必是在更裡面的房間。藉著樂聲掩護，他大搖大擺走過客廳，來到傳出音樂的房間外。

但是還來不及動手，他的後腰突然一陣尖銳的劇痛，驚得愕然回頭——

是目標。

目標竟然站在他的身後，而非如預期待在房內。

他忽然明白了，從未關的安全門到音樂聲全是一連串的餌。

× × × × ×

連日跟蹤自己的傢伙終於露餡，一腳踩進布置好的陷阱。

那是個神情陰鬱，皺著眉頭的青年，高聳的顴骨加上乾瘦的臉頰，讓這人看起來像具活屍。

「不要動。」十年警告：「回答我的問題。」

不料活屍無視自身傷勢，猝然揮刀反擊。十年驚險避開，閃過差點劃開鼻子的刀尖。他果斷拉開距離，凝神戒備。畢竟對方的刀太惡劣了，是恐怖不齊的鋸齒刀刃。

活屍驚惶摸索背後傷處，手掌拿到面前攤開一看，果然被染成鮮紅。他瞪起混濁的眼珠，怒不可抑地舉刀砍來，像個瘋子大揮大砍。

十年不斷閃避，猛然抓起牆邊的花瓶往活屍扔去，逼得對方舉臂架擋。花瓶摔落，碎裂的瓷片四飛，水與殘花濺灑一地。

預先算準距離的十年抓住短暫的空隙，撲前探出手臂，小刀筆直刺進活屍的腹部。他出手精準，一如計算避開致命處。

活屍發出難聽的粗吼，鋸齒刀砍出銳利的切風聲，逼得十年棄刀退開。一擊逼退十年之後，活屍忍不住手按腹部的新傷，指縫滲出紅漬。

棄刀的十年反手從褲袋拿出備用小刀。打從見到活屍的第一眼，他就認出這人必定是傑克會的成員。那股傑克會特有的臭味如此鮮明噁心，是不可能認錯的。

若非需要逼問情報，十年也想儘速解決他。越刻意留對方活口，越是讓自己身陷險境。

可是十年得弄清楚活屍的真正目的，是在尋找獵物時恰好盯上自己，或是傑克會終於發現他這個復仇者的存在？活屍是單獨行動或另有同夥？

錯過這次機會，對方不會再上當。

他冷靜觀察活屍，小刀還插在肉裡。十年知道這人不會輕易拔出小刀避免血流不止。可是連中兩刀卻還不見懼意，正如外顯的瘋狂，這傢伙或許徹頭徹尾都是個不折不扣的瘋子，更讓十年警戒隨時可能的反撲，那絕對比什麼都要更加致命。

眼看活屍逐步進逼，十年謹慎與之周旋。腦中不斷盤算該如何制服對方。

活屍的狠勁比預期得更加激烈，照這態勢看來，要問出情報恐怕不容易。這讓十年開始尋思是否該用最簡單的方式來結束目前的局面——殺了活屍。

兩人互相緊盯，任何一個微小的疏失都可能喪命。

十年特別注意身體的重心，維持隨時可以進攻亦能退避的狀態，並調整混亂的呼吸。除此之外還背對出口，阻斷唯一的退路，將活屍困在屋內。

活屍也意識到這點，變得越發急躁且憤怒。在怪異的吼叫聲中盲亂揮刀。他持有的鋸齒刀要比十年的小刀來得更長，佔有攻擊的優勢。即使十年想擋住出口，仍被一再逼退，終於退出門外。

兩人各別站在屋內屋外，分踩明亮與陰暗的兩端。十年清楚看見插進活屍腹部以小刀為中心，周圍暈開了血圈。只要十年繼續拖延，活屍遲早會因為失血變得虛弱。前提是十年有辦法繼續絆住他。

嗡嗡……嗡嗡……活屍的口袋突然振動，臉色跟著一變。忽然瘋虎般不要命地強撲過來。

十年當然不會選擇硬碰，非得等活屍露出足夠大的破綻才願意出手。因此這一退便給予活屍足夠的空檔。

如負傷的野獸會激發出可怕的本能，活屍不顧傷勢直衝下樓。

十年暗喊一聲糟，跟著追出公寓。活屍往巷口狂奔，十年緊追不捨。眼看對方即將穿越巷口，十年驚覺被強光籠罩，匆忙扭頭。

一臺加速的黑色休旅車迎面逼來，車頭燈的強光奪去十年的視線，瞬間的巨大衝擊力震得他意識短暫喪失。一陣天旋地轉之後，十年只感覺到冰冷，他的臉貼在粗糙堅硬的柏油路面，還無法意會發生什麼事。

他恍惚抬頭，看著近在眼前的輪胎開始退後。那臺黑色休旅車快速倒車，竟又再次加速，要直接將十年輾過。

休旅車的引擎轟隆作響，十年眼睜睜看著車輪逼近。

發現騷動的鄰居驚嚇不已，黑色休旅車在尖叫聲中衝出巷口，引起附近來車的急煞，隨即便消失在對街轉角。

四周出來查看的居民越來越多，議論不斷。樓上亦有不少人躲在窗後偷看。

「哎唷！夭壽喔車禍！」

「那臺黑色的車肇事逃逸，快點報警……啊救護車、救護車要先叫！」

「有人被撞了……人怎麼不見了？」

「我也有看到，剛剛真的有撞到人！」

湊熱鬧的左鄰右舍亂成一團，有如被點燃蜂巢的盲亂蜂群——誰都沒發現那名蹒跚離開現場的少年。

十年強硬支撐，每走一步都是劇烈的折磨。

他猜想肋骨可能斷了，每次吸氣時都會引起疼痛，呼吸變得短而急促，髖骨的情形也不太妙。渾身的劇痛讓額頭泛出冷汗……可是他不能待在原處，得在警察出現前離開。

更危險的是傑克會成員隨時可能折返，屆時他的處境將更加險惡。

回想即將被休旅車輾過的驚險時刻，求生的意志驅使十年拚死逃開，撲進巷道旁停放的車輛間隙，驚險躲過黑色休旅車的輾壓。這股意志連他自己都無法置信。

雖然僥倖逃過死劫，身上的傷勢卻有些棘手。這不是可以輕鬆處理的小傷，必須接受治療。但醫院不是能夠考慮的選項，不具備任何身份的他沒有就醫的可能，更別提會引起的麻煩。

遠離幾條街後，再也支撐不住的十年決定暫時躲到最近的超商。至少在這樣人來人往的地方，即使真被傑克會發現了，他們還不至於會直接亂來。

模樣略顯狼狽的十年進入超商，立刻引來店員的狐疑眼神。他裝著若無其事的樣子，在座位區覓了位子坐倒。

「唔。」十年悶哼一聲，沒想到簡單的坐下也能讓作痛的側腹如此不適，他按住傷處，忍痛翻找出手機。

眼下只能求助大衛杜夫了。可是大衛杜夫的手機是未開機的狀態。情報商曾說會短暫消失一陣子，沒想到消失得這樣徹底。

十年猶豫。選擇實在有限，幾番考慮後他終於改撥另一個號碼。

「是我。」接通後十年表明身份，「需要你幫忙。」

「我在聽。」是以豪。

「傑克會找上我，我現在受了傷。」十年說得簡短，他知道以豪會明白嚴重性。

在短暫的沉默後，以豪嚴肅表示：「如果你要我支援，我要先知會姚醫生取得她的同意。如果你反對，我當這件事沒發生過，也不會讓她知道。」

果然會牽扯到姚醫生這個麻煩人物，十年忍不住頭痛，可惜此刻別無選擇。「我同意。」

「給我你的位置。」以豪說。

十年報出地點後結束通話。在開始等待以豪到來之前，十年動作不停，鍵入另一串號碼。

「怎麼了？我還在加班……」電話另一頭傳來曉君欲哭無淚的聲音。

「不要再到那間小屋去，我已經離開了。」十年低聲警告。

「這麼突然？你聲音聽起來很不對勁？怎麼了？」

「沒什麼。你出入小心，隨時注意。」

「是那些人嗎？你現在沒事吧？」曉君心急地追問。

「我沒事，真的。先這樣了。」十年掛斷，虛弱地將手機擱在桌面。

距離結束通話不到一分鐘，手機忽然震動，他以為是以豪來電，查看後發現原來是曉君傳來的簡訊：「欸，有什麼事要說，不要都自己悶著，你已經夠孤僻了喔。搬家記得還是要好好吃東西，下次有機會再煮麵給你。」

十年注視這簡短的訊息，差點要嘆氣，但是又忍不住重看一次，接著又收到另一封簡訊，同樣是曉君傳來的：「你一定要沒事喔。」

簡簡單單幾個字，卻暖得令十年無法移開目光。凝視許久，他才收起手機。

就是因為曉君對他好，才更必須遠離，就怕連累了她。

小姊姊的死，十年從沒忘記。

九、傑克會的女兒恣意玩耍

久候的十年終於等到那臺白色喜美。

不帶灰塵彷彿新車的白色喜美在超商外停下。十年的手機鈴響時，車窗同時搖下，握著手機的以豪冷然掃視店面，尋找他的身影。

兩人的視線相會。於是十年省略接電話的動作，在店員依然狐疑的目光注視之下，強忍傷勢帶來的痛楚，蹣跚走出店外。

「你的傷勢比想像得還輕。」以豪打量著。

「讓你失望真抱歉。」十年回應。他沒有放鬆戒備，機警確認周圍的狀況後，才鑽進副駕駛座。

「有人跟蹤？」以豪透過後照鏡看著車後。

「現在沒了。」十年繫上安全帶。手忍不住按著負傷的肋骨。

細心的以豪注意到他的狀況，因此緩慢起步，刻意保持速度避免車身震動。行車途中不停透過後照鏡確認是否有可疑的車輛尾隨。

對於傑克會，以豪也是略知一二。在這樣的情況下，對十年伸出援手等於是招惹危險。

「對方幾個人？」以豪問。

「不確定，不只一個。」

「被偷襲？」

「算吧。」十年心想若不是當時僥倖一搏，恐怕已經慘死輪下。

白色喜美順暢轉彎後直上忠孝橋。不時有其他的車輛呼嘯而過，以豪依然維持穩定速度。

十年降下車窗，讓橋上強勁的夜風吹進車內。堤岸的成排路燈映照在漆黑的河面，晃蕩著點點橘光。

「記得張霖青嗎？」以豪突然問。

「有印象。」十年當然不會忘記。就是在刺殺這個傑克會成員之後引起警方注意，當時讓他躲藏了好一陣子，還落進姚醫生的圈套。

「對他女兒培雅有沒有印象？」車內陰暗，正好藏住以豪嚴肅的面孔。

「沒忘。提這個作什麼？」十年問。若非當初姚醫生刻意提供假情報，也不會落得有目擊者。那個女孩跟她的弟弟可是親眼目睹父親慘死的樣貌。

「她現在在姚醫生那裡。」以豪沉著臉告誡：「你會待在醫療用的專門樓層。為了避免你們碰面，你千萬不能外出。放心，房間附有浴室跟盥洗用具，換洗衣物也很齊全，不用怕髒。」

「我也不打算見到她。」十年表示。在被傑克會追殺的此刻更不該節外生枝。他是不可能束手償命的。那女孩不知道會採取什麼舉動，報警是可能性之一，但姚醫生不會允許她這樣做。

「那就好。她還不知道真相。」以豪頓了頓，補充說明：「不知道父親是傑克會。」他沒繼續說的是，培雅也不知道父親死在姚醫生設下的局。

「這從一開始就在姚醫生的計畫裡？先讓我殺了父親，再收留女兒？」十年問。心想這個女孩或許不要知道真相比較好。

「不。是臨時造訪的小靈感。」

「可以把這種事當成惡作劇的，也只有她了。」作為曾經的受害者，十年的體認不能更深了。

深夜的內湖空曠得像座死城，馬路只剩零星車輛。這讓十年可以輕鬆確認沒有被跟蹤。車子行駛到姚醫生的診所外側，以豪按下遙控器，升起地下停車場的鐵捲門。

十年對這裡的環境不算陌生，畢竟曾經落腳好一陣子。但這不代表他懷念姚醫生的診所。

下車之前，以豪扔了一頂帽子給十年，特別要求：「戴上，盡量把臉遮住。」

十年依言照作，但免不了疑惑。

「不要以為是我小題大作，你不清楚培雅的狀況。」以豪率先下車，確認變電箱偽裝的祕密入口。半掩的箱蓋露出通往地底的黑色隙縫。

又來了。以豪聽見陣陣哀號聲，多半又是鬼哥的手下。培雅至今仍未放棄從他們嘴裡逼問出那個人的下落。

「姚醫生的新消遣？」跟著下車的十年也聽見地下室的異狀。

「她沒有這種粗俗的愛好。」以豪口氣充滿責難，認為十年的誤解徹底汙辱了姚醫生。「是培雅。」

無法理解的神情在十年臉上閃過，被觀察力敏銳的以豪精準捕捉。

以豪解釋：「就是那個培雅。現在的她跟當初你見到的樣子完全不同，也跟我看過的不一樣。她變了。你能夠明白為什麼我要這麼謹慎了？現在的你就算被她殺了也不奇怪。走吧，趁培雅還在忙，趕快帶你上去。」

電梯直達四樓。這裡原本是閒置的樓層，以豪為了不時之需特別整建成醫療專用的小型醫院。當然不比正式規模的醫院來得完善，不過至少堪用，足以處理十年目前的傷勢。

入口直接仿照醫院，是自動玻璃門。這層樓整體散發著不帶人味的純白色調，空調的冷空氣飄散刺鼻的消毒水味。

「本來不想讓你來的。可是姚醫生特別吩咐待在這裡比較安全。所以我把醫生請來。」

以豪口中的「醫生」是十年曾經打過照面的老密醫。十年曾經透過大衛杜夫的介紹，在老密醫的祕密別墅接受治療，事後才知道那也是姚醫生擁有的生意之一。

老密醫手捧熱茶，低垂的目光望著冉冉上升的霧狀熱氣。依舊是那樣沉穩，散發著見慣生死的人才配顯露的淡然。

另外還有兩名助手隨侍在老人身邊。與老人的從容自若不同，他們的眼神銳利，雖然年輕，但看來精明幹練。已經穿好全套的裝備在等待。

十年依照指示躺上病床，兩名助手拉起簾幕，開始作初步的創傷檢查。

以豪對助手簡單交代幾句便離開了。褪去衣物的十年望著天花板，還不認為目前是真正安全了，更不可能放下戒心。這裡終究是姚醫生的地盤。

若非別無選擇，他不可能再次踏足此地。

×××××

二樓的會客室。

「我把十年安置好了。密醫正在檢查他的傷勢。」以豪回報。

「嚴重嗎？」姚醫生手托腮子，興致盎然地問。

「死不了。」以豪不在乎地說。

「吃醋？」姚醫生笑問。

以豪否認：「沒有。可是我不放心。特別提醒他不要亂跑，免得撞見培雅。」

姚醫生的笑容越加燦爛，欣喜地說：「你這樣提起，反而讓我更想看見他們兩人相遇會是什麼樣的情景？或許我找個機會帶培雅上四樓看看？」

「姚醫生！」以豪不自覺放大音量，隨即發現自己的失態。「對不起。」

「這麼擔心十年？」

「不，也不是。十年沒有替你保密的義務。如果他透漏給培雅，兩人聯手呢？」以豪從未遺忘那天十年闖進姚醫生的宅裡，差點就要奪去他生命中最重要的人。

「那也是沒辦法的事囉。」姚醫生答得輕鬆，卻讓以豪更急了。

以豪不斷地勸阻，惹得姚醫生笑意更深，終於忍不住鬆口：「我不攪亂這渾水就是了。」

以豪虛脫似坐在桌邊，發現姚醫生還盯著自己笑，終於明白姚醫生根本是故意捉弄。於是扳起臉緊抿著唇，責難地盯著她看。

姚醫生故意裝作沒發現，並岔開話題：「十年說是傑克會的人出手？他們終於發現十年。老實說未免太後知後覺了。跟成員之間的互動有關？傑克會習慣單獨行動，除了在暗網的交流之外，私下應該是少有來往。」她回憶，隨手開啟暗網進入傑克會的網站。

以豪彎下身，湊到她的身旁盯著電腦的畫面。在開頭慣例的「WE ARE JACK」動畫之後，接著出現的卻非平常慣有的活人開膛影片。

出現在首頁的，赫然是十年的照片以及滴血的WANTED。

十年的照片附有一串血跡字體的英文註解，大意是指十年專門獵殺成員，現在台灣的傑克會要展開報復，立誓要將他活逮。呼籲若有成員發現十年的蹤跡，隨時提供情報。

這個發文者帳號是Mr. J01，他同時表示已經組建獵殺團，逮到十年之後會以加倍痛苦的方式虐殺，敬請成員們期待影片。

「看來十年惹上大麻煩了。」姚醫生的口氣依然輕鬆，彷彿不是什麼大不了的事。

慣於在危險地帶打轉的她，當然不會因此畏懼。

以豪卻是擔心得要命，一旦傑克會發現十年躲藏在此，必定採取行動。

「要儘快把十年轉移到其他地方，留在這裡不安全。」以豪不假思索地提議，想趕緊把這個災星弄走。

「不要緊，傑克會進不來的。除非他們想引起不必要的騷動。」姚醫生很有自信，「一路上你一定有留意有沒有人跟蹤，對嗎？」

「沒有被跟蹤。」以豪自然會留心到這點。

「那就好。在這棟大樓的人有誰會洩密？」姚醫生問。

以豪思索，自己跟培雅是不可能的，請來的密醫當然也不會，與姚醫生合作可以得到的利益絕對遠大於背叛她。至於十年……唯一需要防備的是他會對姚醫生不利，但是現在有以豪看著，十年想要傷害姚醫生是絕無可能的事。

望著以豪的臉，姚醫生知道他已經得出答案。「不必擔心，先這樣吧。會不會覺得我偏心？」

「如果我說會呢？」以豪反問。

「那我只好欣賞你吃醋的樣子囉。」姚醫生忽然戳了以豪的臉，指尖就這麼停留在他臉頰，刺出小小的酒窩，「你跟十年對我來說各有不同的意義。可是只有你能夠留在我身邊。」

以豪聽著，表情是那樣認真，就像當年那個遭囚禁在育幼院的小男孩。當他被姚醫生選中時，也是這樣認真聽著她說話。因為以豪知道，這輩子就跟著這個人了，永遠永遠、一直一直。

「你讓我很安心。」姚醫生輕撫著以豪臉頰，「不要去跟十年比較，誰都不能取代你。」

聽她這樣強調，以豪也安心了。不得不承認，十年的出現讓他一再懷疑自己對於姚醫生有無價值。

「至少讓我把其他人召集回來。多點人留守比較好。」以豪建議。

「這樣好嗎？琴鍵收掉之後，好不容易讓他們又有新的店。歐業的話他們會失望吧？」姚醫生抽回手，不過以豪看起來完全不會在這點退讓。「好吧，讓你安心也好，就把他們叫回來。」

「我現在就去聯絡。」以豪心想事不宜遲，迅速開始動作。

姚醫生目送以豪匆匆離開，不禁莞爾。他總是那樣認真地為自己著想，認真得讓人忍不住想捉弄。

×××××

地下室。

已成血人的鬼哥手下無法再哀號了，飽受折磨的他像殘缺不齊的沙威瑪肉塊。

培雅扔掉沾滿肉屑的刨木刀，甩落滿地血滴，踱步進入清洗室。

她扭開水龍頭，洗去手掌的鮮血，染紅的血水不斷流入排水孔，在陰暗潮溼的室裡發出巨大的回音。

這幾日的拷問令她越加憔悴、失落。希望一一落空，就是沒有人知道傳翰的去處，連鬼哥都人間蒸發似的。也因為鬼哥跟著失蹤，讓這些嘍囉沒有老大帶領，更似一盤散沙，才會輕易被培雅捕捉。

將手洗淨之後，培雅回到地下室。那曾經中人欲嘔、令她反感無比的血腥味，如今已經麻痺了。曾經她在下手時還會猶豫，現在卻是無動於衷，無論這些手下如何哭喊求饒、如何慘叫，她始終木然以對。

培雅沒有發現自身的劇烈轉變，完完全全不在乎這些。這些日子唯一掛心的就是那個大騙子的下落。

她拎起防水布，隨手披在面目全非的鬼哥手下的身上。忽然一陣眩暈襲來，迫使她跪坐在地。

培雅仰頭，天花板的燈泡變成數個重疊的影子，她忍不住捂著眼睛，發出痛苦的喘息。

都是你害的、是你害傳翰失蹤……惱人的幻聽像藏匿的妖物，趁她最虛弱的時候群起作亂。

「不要吵、閉嘴！」培雅用力捂著耳朵，但擋不住從罪惡感演變而成的折磨。

該失蹤的是你、該消失的是你才對……去死呀、快點死一死！那聲音放肆狂笑，尖銳的笑聲比指甲刮黑板更難聽。

培雅抱頭蹲下，渾身盡是冷汗。她強逼自己對抗內心不斷產生的異音。她不能輸、還不是時候……自從培雅逐步向過去刻薄侮蔑她的人復仇之後，這個聲音便不請自來，時常在身邊出現。

聽起來，彷彿有個活生生的人在耳邊不斷對著她說話，要將她拖入更加萬劫不復的苦痛深淵裡。培雅花了好多時間才能裝作沒事，盡可能不去理會。

強忍幻聽退去，更加虛弱的培雅往外套的口袋摸索，拿出一臺銀色的傳統型手機，然後按下被設定好的、唯一可以撥出的號碼。

「我這裡……一具屍體。地點一樣……」力氣耗盡的她連說話都很虛弱。明明前幾天才被以豪逼著休息的，為什麼現在又是如此無力？

她所忽略的是自從休息後醒來的那一刻起，就未曾再闔眼。那股偏執變成瘋狂的精神力，支撐著她繼續行動。

培雅忽然劇烈乾嘔，臉頰病態的慘白又加重幾分。她不會罷手的。

還沒有、還沒有……就看是大騙子先被培雅找到，或是她先崩潰病倒。

十、蛇胎

依照先前的約定，獅子再次來到小木屋。

他側身鑽過半掩的鐵柵門，細心照養的群花依然如上次所見寧靜地盛開，但不見曇花蹤影。屋內無光，或許人不在。

獅子離開木屋，循著鋪石小徑來到初次遇見曇花的地方。

一樣的月光下，同樣身著素樸黑洋裝的曇花將雙手背在身後，翹首望著徑旁的樹叢，似乎在等待著什麼。臉龐映著淡白色的月光，襯得那沒被世俗染指的氣質是如此單純。

獅子脫去制服上衣，掛在矮樹探出的樹枝上。入夜的山林瀰漫寒氣，上半身只剩單薄無袖背心的獅子感到明顯的涼意，但不得不防暗裝的監聽器。

他故意踩出腳步聲，表明自己的來訪，免得突然出現在曇花身邊嚇著了她。

可惜單是如此輕微的聲響就足以嚇著曇花。她發出驚呼，像受到驚嚇的野兔跳到一旁，結果重心不穩摔進矮樹叢，兩個光溜溜的腳丫子慌亂地朝天亂踢，好不容易才爬起身。

一襲黑色洋裝沾上草屑與泥巴，及腰的頭髮胡亂散開，讓她看起來狼狽又有點好笑，像個冒冒失失的小女孩。

垂頭不語的曇花跪坐在地，委屈地抿著嘴，看起來幾乎要落淚。

獅子趕緊湊上前，沉聲問：「不要緊吧？」

曇花瞪著石徑之間的隙縫，就是不敢看向獅子。她沮喪搖頭，表示沒有大礙。

「站得起來嗎？」獅子問。

曇花膝蓋併攏後慢慢站起，伸手撥去裙上的雜草。人不再盯著地面，而是看往獅子的反方向。那張臉頰漲得通紅，彷彿現在並非黑夜而是黃昏，餘暉正好落在她的臉蛋上。

她低低地說：「好丟臉。」

「對不起。」獅子道歉，「沒想到會嚇到你。」

「我對聲音很敏感，尤其是突然的聲音。」曇花小聲解釋，十根手指死死抓住裙角，彷彿要將洋裝揉爛。獅子注意到，每當曇花緊張的時候都有這種反應。

「我知道了。」獅子單刀直入地問：「你怕我？」

「我……怕人。」曇花沒有否認，「跟你說話對我來說，好困難。不、不是你不好，是我不習慣。」她怯生生地偷瞄獅子，發現他好像有要離開的打算，趕緊解釋：「可是我要練習，不能繼續這樣……不能一直困在這裡……」

「想離開？」

「還不可以，我沒辦法。」曇花喪氣不已，帶著深沉的無助感說：「我在這裡好久了，一開始是怕，後來都不知道為什麼要害怕，可是就出不去。好久了。一看到人就怕。」

「小木屋的花都是你種的？」獅子問。

「你看過？」曇花驚訝地望向獅子。當她意會到自己正盯著獅子看時，又慌慌張張別過頭，縮起的肩膀微微發顫。「我住在那裡，每天都在照顧花。這是我唯一會的事情。它們漂亮嗎？」

「嗯。」獅子應聲，「第一次看到這樣盛開的花。」

「它們很漂亮，我真的很喜歡。可是它們就像我被照顧得好好的，好看，可是不真實。所以我在這邊等，等花開。」曇花手指著剛才緊盯的樹叢，其中有幾朵花瓣聚縮的白色花苞。

「這就是曇花，它們在晚上開花，然後白天凋謝。時間很短，可是很美。」曇花說明時有股特別的神采，有說不出的嚮往與欣賞。

可惜獅子無法等到花開。他面對來自大工廠的壓力，待得越久越容易讓獾起疑。

「我還會再來。」獅子上次離開時也是這樣說的。

離別前，曇花終於可以稍稍看向他，雖然短暫幾秒便別過眼去，仍是進步。

獅子沿著原路走回，踏進陰暗的林子，再回頭時越覺得曇花像是虛妄的夢境。可是她的的確確存在，像靜守森林的精靈。

人在歸途的獅子忽然感到臉頰有些許冰涼。本來以為是林裡的露珠，後來才發現是紛落的雨點。雨來得雖急，但不激烈。

穿越幽森的林子，淋著細雨的獅子看見籠罩在雨幕之中宛如幻影的大工廠，亦驚見同在雨裡的獾。

獾不會無故淋雨，這個人從不具備這份多餘的閒情逸致。獅子沒有傻到錯估這點，儘管對於獾的起疑早有準備一套說詞，但沒預料到獾竟然會在此等待。

獅子不動聲色，沒有顯露一絲心虛。在他編造的情境裡，自己不過是隨意走動罷了，沒有發現小木屋、更不知道曇花這個女人。

可是玃知道這些嗎？獅子突然疑惑，如果曇花過著隱士般的生活，同樣身為收購商、被大工廠的規則所控制的玃是否無從得知她的存在？

玃出乎意料沒有過問獅子的去處，只機械式地交待：「接到委託。上車。」

「你開車。」玃補充。

只說必要的話，這才是收購商的作風。獅子暗自地慶幸這讓他省下說謊掩飾的麻煩。

坐上駕駛座後，獅子有股截然不同的感受，先前都是擔任輔助見習的角色，現在既然讓他開車，這是不是代表即將可以獨立作業，不必再被玃所監控？但隨即想到裝設在制服中的監聽器。

他可以理解為什麼大工廠要採取這種手段。就獅子所知，收購商們都不是什麼正常的傢伙，或多或少抱持著一些「狀況」，是經過大工廠的收容與矯正之後才成為收購商，所以需要嚴加管制。

獅子想到「狀況」，忽然悲哀得要失笑。自己不也是如此嗎？

不單是失憶，在事發很久之後獅子才意識到，為了控管大工廠的祕密所以採取滅口的手段有多不尋常。更可怕的是他絲毫沒有罪惡感，殺人後的反胃跟懊悔不曾造訪。整件事對他來說，就好像是扭開瓶蓋般不足一提的小事。

可是他扭斷的不是瓶蓋，是活人的脖子。

黑暗山區的唯一光源只剩車燈，能見範圍極為有限，加上雨天視線不佳，更令獅子加倍謹慎行駛。迎面而來是接連不斷的彎路，獅子被迫一再踩踏煞車控制速度。盤據腦中的紛亂思緒就像眼前的蜿蜒山路，不見盡頭。

對於殺人無感的我，卻會因為過去的空白感到愧疚？獅子心想，在那些被遺忘的日子之中，究竟幹下多麼天理不容的事，才會失憶了還無法忘卻那股深紮在心底的懊悔？

真是一團糟。不管是自身狀況或是越來越滂沱的雨勢，都讓獅子感到難解。

好不容易脫出山區，車窗的雨刷將擾人的雨珠往兩旁抹開，露出熱鬧繁盛的城市燈火。

馬路旁林立著色彩雜亂的發光招牌，明星在看板廣告上搔首弄姿，強調包裝後的謊言。撐傘的路人三三兩兩走過人行道，穿著入時的青年聚在騎樓抽煙，嘻笑之餘吐出大團煙霧。

斑馬線的紅燈前，車輛在大雨的侵淋中一一停下。獅子趁這段時間再次確認地點，對於這次的委託人沒有印象，是第一次接到對方的委託——

委託人的代號是「蛇胎」。

目標地點是棟華廈，位在遠離鬧區的安靜地段。獾指示獅子繞過正面大門，直接來到側面的停車場入口。獅子從這細節終於得知，原來獾以前來過。

停車場入口的鐵捲門沒有動靜。

獅子向大工廠確認後，得到原地等待的指示。

××××

「什麼時候能拿到？明天？可以，我明天過去一趟。就這樣。」

以豪擱下手機，煩躁地按壓太陽穴。在通知其他人回來會合後，為了必要的防範手段，另外再打了這通電話。

現在他開始後悔了。有些東西說什麼都碰不得，或許該取消交易？

以豪拿起手機，凝重地望著螢幕的解鎖畫面。在幾次嘆氣之後，終於還是放棄解鎖，也沒撥出取消交易的那通電話。

姚醫生的安全務必放在第一順位考慮，為此必須設下一道又一道的保險關卡。這筆交易不過是保險之一，不一定會用得上。以豪比誰都希望可以塵封不動。

萬一到了不得不使用的時候呢？我狠得下心嗎？他自問。

手機突然有動靜，來電的是隱藏的私密號碼。謹慎接起的以豪沒有立刻出聲，而是先等待對方開口。

另一端的聲音既冷又生硬，彷彿預先錄製好的。他知道對方的確是活生生的真人，這種特別的語調正說明對方有多特別。

這通忽然的來電說明收購商已經在停車場外等待。

以豪思緒飛快，很快推斷是培雅通知收購商前來善後。收購商沒有聯絡培雅卻找上他，難道是培雅沒有回應？以豪放下未完的工作，匆匆趕往停車場。

在外等待的收購商竟有兩人。

這倒是頭一次見到，以豪不免好奇。可惜面對收購商時任何的問題都是多餘的，得不到答案。

「在哪？」其中一個收購商問。以豪對他有印象，過去幾次都是他獨自善後。

至於另外一人，以豪從正面看不清楚他的長相。這個收購商刻意壓低帽舌，只能看見臉部的下半。從第一印象來看，這名收購商很不友善。

以豪領著兩名收購商來到地下密室。在這個寬敞的空間，燈光下被防水布刻意蓋住的身影格外醒目。那是待回收的屍體。

一旁的地上另外有名倒臥的少女。

雙眼緊閉的培雅臉色慘白得嚇人。以豪先探了她的鼻息，然後輕輕晃動她的肩膀：「培雅？醒醒。」

虛弱的培雅睜開眼睛，疲弱地呼喚：「傳……翰？」

以豪不免嘆氣，這傻女孩的思念竟然如此深，就連這種時候都還惦記不忘。

「我是以豪。你休息得還不夠，趕快上樓。」他數不清是第幾次這樣苦勸了。

「不要，我還沒有問出來……」培雅掙扎起身，都忘記人已經被她折磨至死了，卻還想逼問傳翰的下落。

隔著以豪的肩膀，培雅望見兩名收購商。其中一個背對著她，正掀開防水布，露出底下血淋淋的屍首。

那名收購商拉起百孔千瘡的屍體，將之強塞進箱子。完成裝屍作業的他轉過身準備離開。

等、等等……震驚的培雅試圖呼喊，卻一點聲音都發不出來。是看錯嗎？為什麼這個人的身影如此熟悉？

為什麼他會變成收購商？

即使用盡力氣，培雅的呼喚仍無法傳達，沒有任何人聽見。兩名收購商一前一後走遠，培雅不顧一切想追上去，卻虛弱癱倒。她困頓地伸出手，想搆著那日夜思念不斷的身影，可是指尖只能碰著空氣。

不要走不要走不要走不要走……

培雅的視野所見變得模糊難辨，所有物體只剩朦朧的輪廓、剩下霧化的色塊。即使試圖奮力睜眼好看清傳翰，卻難敵連日消耗身體的劇烈疲憊。

她嗚咽一聲，暈死過去。

十一、沒裝進箱子都不算工時

培雅醒來已是三日之後。

她首先看見的不是飄著塵埃的陰暗地下室。相反地，這裡的燈光溫暖，所躺之處也是柔軟又舒服。

經過幾分鐘的恍惚，培雅才認清是在自己的房間，睡在久違的床上而非堅硬的地板。很安靜，少了平常被她折磨的人發出的殘喘呻吟。

她緩慢坐起，昏睡的後遺症是些微的眩暈。她伸手撥去遮面的髮絲，發覺行動很不順暢，肌肉仍在沉睡似的，也發現與右手前臂相連的點滴管。

即使培雅現在的情況要比在地下室時來得健康，與尋常人相比仍顯蒼白。帶著病容的她甚至比在校被霸凌時更加虛弱。

可是當培雅的神智越漸清楚，昏迷前烙印在眼中的景象便清晰浮現出來，眼瞳的迷濛逐漸散去。

現在不是待在床上的時候，她終於知道傳翰的下落！

培雅掀開被子跳下床，昏睡多日導致的肌肉痠麻害她雙腿一軟，直接跪倒在地。膝蓋磕出結實的聲響，點滴架險些被扯倒。

但是不痛，她不覺得痛。現在這些痛楚都不算什麼。

培雅扶床站起，覺得點滴架太礙事，妨礙了行動，伸手便要拔下點滴管。就在同時房門開了，一個陌生的女性聲音制止她：「等一下，不要拔！」

培雅聞聲看去，不單是聲音陌生，面前的短髮女孩更是從沒見過。那一身色彩鮮豔的打扮，與已經慣穿黑色系的培雅是兩種極端。

短髮女孩的穿著相當俏皮，牛仔吊帶裙配著粉底格紋襯衫，搭配黑色娃娃鞋的是搶眼的湖水藍過踝襪。內捲的短髮染成茶色。

培雅瞪著短髮女孩，冷冷地問：「你是誰？」

「誰？我嗎？」短髮女孩傻問，她也同樣緊盯培雅不放，就怕培雅擅自拔去點滴管。

「不然還有別人？」培雅的回答仍是冷冷的。

「啊，喔！我叫小茜，不是叫小賀喔！我的名字跟低俗賀歲片會出現的爛梗沒有關係。」小茜說得誠懇，十分認真地解釋。

培雅忍住翻白眼的衝動，現在不是跟這個笨女孩浪費時間的時候。不過轉念一想，或許直接拿點滴架敲昏小茜更好，省得廢話。

「以豪要我照顧你，隨時注意你的狀況。你睡了好久，以為你永遠不會醒來了。幸好沒有。」小茜放心地拍拍胸口。

提到以豪，培雅正好想到有事需要找他確認。「以豪在嗎？」

小茜點點頭，十分肯定地回答：「當然在啊，他根本一步都不想離開姚醫生的身邊呢！」

培雅翻了白眼，不再多費唇舌，迅速扯掉點滴管。抽出針孔的皮膚露出細小的孔洞，流出殷紅鮮血。

「啊！你你你……」小茜驚呼亂叫，從桌邊連抽好幾張衛生紙，衝上來替培雅止血。看她慌張的程度，彷彿那小傷口是堪比動脈破裂般危險的傷勢。「你先按著，我去找棉花過來。」

「不必。」培雅擠過小茜身邊，雖然雙腿仍然無力，但靠著意志力強制驅使，勉強走路還不成問題。

如果以豪守在姚醫生的身邊，那麼必定是在二樓的私人診所。培雅扶牆下樓，喚她不住的小茜只好亦步亦趨地跟在一旁。

來到諮商室外，培雅敲門後不等回應，直接推門入內。在裡面的人並非姚醫生，更不見以豪的蹤影，取而代之的是幾名陌生的少年。

他們對培雅的突然現身顯然不知所措，像玩一二三木頭人般僵直著，沒有任何動作，全都困惑地盯著她。

培雅同樣感到意外。在她昏迷的這段期間裡，這棟樓為什麼多出這些訪客？姚醫生把這裡當育幼院不成？

「小茜，這個女的是不是……」其中一個少年問。

「沒有沒有她不是！」小茜胡亂瞎說一通，又喃喃自語：「他們剛才明明還在的，會不會到四樓去了？」

四樓？培雅從未聽姚醫生或以豪提及四樓，一直以為那裡是閒置的區域。她轉身便走，直接進入電梯，不等尾隨的小茜入內便按下關門鍵。

「等、等我！」小茜伸手阻擋，硬是從縫隙鑽進電梯。她驚喊：「你要去四樓!?」

培雅按下的樓層鍵就是最直接的答案。

不料小茜接著按下三樓，整個人擋在門前。「以豪吩咐過不能讓你到四樓去。因為那裡、呃、那裡是他跟姚醫生的……」

「的什麼？」培雅質問。

抵達三樓的電梯門緩緩敞開，詞窮的小茜顧著苦思如何掩飾，因此渾然未覺。門就這麼再度關上，繼續往四樓上升。

後知後覺的小茜終於發現事態嚴重。

「我不知道啦！不管是他們的什麼都好。你就是不能到四樓去！」小茜耍賴地說，張開雙臂像個守門員攔在培雅身前。

培雅冷眼一瞪，從原先的冷漠，逐漸轉變成視人如草芥的冷酷。

小茜雖然口無遮攔，但並非完全沒有心機的傻蛋。此時雖然還不知道培雅在地下室種種的豐功偉業，但她是見識過也認得出這類人的。危險、真的非常危險！

第六感明確告訴小茜，這種時候不能輕舉妄動。千萬、千萬不要。

可是以豪事先再三警告小茜要看緊培雅，絕對不能讓她接近四樓。因為與以豪熟識，所以小茜察覺得到他近日的異狀。以豪不再如過去一般沉穩從容，而是有些神經質。他只在有「什麼」可能會危及姚醫生的安全時，才會變成這種狀態。

姚醫生的重要性毋庸置疑。這不單單是對以豪而言，對小茜亦是如此。那時候的小茜若不是被選中獲得脫離育幼院的機會，恐怕也活不到現在這個歲數。

眼看即將抵達四樓，小茜明白非得攔住培雅不可。強忍著發寒的後頸，她最後可以採取的對策只有一個——

「哇！」小茜放聲假哭，跪下來抱住培雅的大腿：「拜託你不要到四樓去，我幫你叫以豪過來！我們現在下樓好不好……」

「放開。」培雅習慣性探向口袋，不過在昏睡時已經被更換過衣物，隨身的針筒一併被撤去。

這個臭三八吵死了，弄死她！幻聽又說話了，培雅居然覺得這建議不錯，若不是現在還太虛弱使不上力，恐怕會毫不猶豫地執行。

施展苦肉計無效的小茜乾脆停止假哭，一面緊抱培雅不放，一面苦思該如何解決眼前困境。她的思考沒有持續太久，因為電梯門開了。

「你們為什麼在這裡？」

以豪的語氣生硬如鐵，大驚失色的小茜趕緊鬆手，就這麼陷入一人的內心戲。她認命嘆氣，站起，轉身面對。還發現姚醫生原來也在。

小茜擠出苦澀的笑容：「哈囉，姚醫生……」

姚醫生笑容可掬地揮揮手，仍如往常優雅親切，是那樣完美的女神。雖然如此，小茜還是不能忽略臉色鐵青的以豪，他皺著極為不悅的眉，滲出一股駭人的戾氣，彷彿人皮底下藏的是個窮凶惡極的厲鬼。

小茜心想，如果殺人不算犯法的話，以豪一定會殺了她。可是不對，以豪早就殺過人了，就差沒真的殺了她……

腹背受敵的小茜放棄一切說詞，領死般閉上雙眼。事已至此，多說無用。船到橋頭自然沉，就讓它沉了吧。

在她身後的培雅突然開口：「收購商的據點在什麼地方？」

「為什麼要找收購商？他們不像鬼哥的手下好解決，你不要輕舉妄動。」以豪皺眉，不知道培雅還想惹出什麼麻煩。

「你知道在哪裡？告訴我！」培雅直接推開小茜，突來的力道讓小茜不穩地踉蹌幾步，整個人撞在電梯間的牆邊。

靠牆躲在電梯間的小茜盤算著，既然電梯只剩她一人，立刻下樓應該來得及逃吧？可以吧？不過以豪的忽然一瞪，那強烈的警告意味讓小茜打消所有的妄想，乖乖站好，像個等待受罰的孩子不敢隨意亂動。

「不，我不知道。收購商太神祕，不是可以隨意打探的對象。」以豪警告，提醒培雅不要輕忽收購商的危險性。

「沒有什麼是不能打探的，他們到底在哪？」培雅固執追問。

「除了收購商，沒有人知道據點的位置。」以豪忍住即將發作的怒氣，現在收容被傑克會追殺的十年已經足夠棘手，不需要再節外生枝。偏偏無法對培雅解釋事情的嚴重性，一旦十年被發現藏在這裡，無法預料培雅將採取什麼舉動。

以豪下意識護在姚醫生身前。他不禁在想，會不會在培雅知道真相之前先解決她才是上策？這個女孩已經不若當初的單純，內心早已偏斜，隨時可能扭曲成更加瘋狂的怪物。

氣氛越漸凝重，就連站得遠遠的小茜也感受到那股壓力。

「培雅，你有想找的人的線索了，所以才會急著問出收購商的所在，對嗎？」姚醫生適時說話，正好轉移兩人的對峙。

培雅點頭。她說什麼都要死抓著這條線索不放，拚死找出那個大騙子。

姚醫生露出帶有歉意的溫柔笑容：「對不起，這點真的讓人無能為力。收購商行蹤成謎，就連我也只有在他們來收取貨物的時候才有機會碰見。不只是我，恐怕連大衛杜夫都對他們所知甚少。」

姚醫生在以豪阻止之前，越過他的身旁走向培雅。她輕輕摸著培雅的頭，「我以前也曾好奇收購商的來歷，但是就像刻意封鎖似的，什麼都查不到。如果你真想知道，要不要自己試試看呢？我會協助你的，儘管開口就好。」

「我知道了。」培雅退開，返身走進電梯。

「培雅。」姚醫生突然喚住她。培雅只稍稍側身，瞄著姚醫生所在的方向。

「難得上來了，不想參觀一下嗎？」姚醫生笑問，害得以豪大驚失色。

你這是在玩火！以豪驚駭地想，幾乎要抽出暗藏在身的尖錐。他提防培雅的所有舉動，直到這個瀕臨成魔的女孩隨著電梯門閉闔消失。

×××××

電梯裡。

一併下樓的小茜不知所措，怎麼會突然脫身了？可是再看看周身空氣似乎都凝結的培雅，現在的處境似乎也好不到哪裡去。

「以豪派你監視我。」培雅突然開口，還說得肯定。

完全被說中的小茜心虛得無法回答。她納悶為什麼培雅會發現，明明才從昏迷中醒來不久，為什麼這麼快就察覺到？

難道是我露餡了？小茜不解，她自認精明幹練而且辦事又天衣無縫，沒道理被察覺啊！

培雅雖然一心要問出收購商的下落，但沒有盲目到忽略以豪的表情變化，加上小茜拚命阻止她接近四樓，更直接透漏必定藏有什麼祕密。那祕密令以豪不安，為了避免這份不安，所以安插人手在旁監視自己也是合情合理。

「會不會開車？」培雅問。

「開車!?這種簡單小事當然會啊，我可是不輸給以豪的工具人呢！」小茜不假思索地回答，但又想到現在好像不是自豪的時候。

「很好。」培雅心中已有主意。

回到房裡，培雅立刻作準備。首先取出備用的針筒裝妥藥劑，一一放進外套特別改裝的暗袋，接著毫不浪費時間直接在小茜面前脫去衣服。

小茜望著她赤裸的白皙背脊，脫口而出：「天啊，身材好好……」

然後理所當然地招來培雅的凶狠一瞪。

培雅接著套上重量略沉的連帽防風外套，將拉鍊拉至最頂又蓋起帽子。當然不會忘記電擊棒，這可是她用得相當稱手的好東西。她把電擊棒放進牛仔褲的口袋，然後彎身繫好黑色Converse高筒帆布鞋的鞋帶。

小茜終於後知後覺地問：「你要出門？」

走到房門口的培雅回答：「對，你開車。」

「什麼？」小茜以為自己聽錯，怎麼突然就得跟著同行？

「給你監視我的機會。」培雅直接關燈離開。

房裡頓時一片漆黑，小茜只能認命追上。

××××

自從鬼哥失蹤之後，旗下的一票手下便四分五裂，各自鳥獸散。

雖然脫離鬼哥，卻不代表這些手下甘願從良。狗改不了吃屎的他們當然還是沿襲以前的習性，繼續當個只能嚇唬平凡市民的小癟三。

比如這個綽號「大尾」的傢伙，就是其中之一。

酒醉夜歸的大尾手指夾著煙，踩著木屐上樓。喀噠喀噠的聲響迴盪在樓梯間，足以擾人清夢。雖然夜裡微冷，他還是穿著印有大佛圖案的短袖衣服，就為了故意展露兩條手臂的刺青。

到了家門口，大尾隨手扔掉煙蒂，從褲袋摸索出鑰匙來開門。屋內瀰漫久久無法散去的長年煙臭，桌上放滿酒瓶還有吃剩的便當，煙灰缸裡的煙蒂更是堆積成一座小山。

大尾踩過清晰可見的檳榔汁汙漬，絲毫不以為意。隨著他一屁股窩進沙發，內裡老舊的彈簧發出難聽如悲鳴的聲響。

才剛抽完一根煙的他又點起新的煙，吞雲吐霧之餘突然起意。一邊搔抓著褲襠，一邊撥了電話。

掛掉電話的大尾接連拿起桌上的酒瓶，發現全是空的。不爽地啐了一聲，心想反正時間還夠，這時候下樓買酒還來得及。大不了讓對方等就是了，就不信會提前走掉、就不信會不想賺這個錢。

大尾依然手夾著煙，懶懶地起身準備出門買酒。

「幹恁娘咧！」就在他開門的時候，被站在門外的人影嚇了好大一跳，髒話脫口而出。

大尾定神仔細再看，原來是個年輕女孩，年紀看起來介在高中跟大學之間。雖然沒有化妝，但這種樸素又青澀的氣質要比濃妝豔抹來得更誘人。

大尾又下意識抓抓褲襠，沒想到現在外送的效率這麼好，沒幾分鐘就上門了。這素質真不得了，在外面要玩到這種等級的，不是花幾張小朋友就夠了。

今天真是賺到了。大尾樂不可支地淫笑，露出滿嘴噁心的黃牙。「哎唷，妹妹啊，這麼晚還在賣啊？」

女孩睜著一雙無辜大眼。「不開門讓我進去嗎？」

「這麼急喔！等一下哥哥就讓你不要不要的，後悔進來！」精蟲衝腦的大尾飛快開門，迎接女孩入內。

大尾本來想直接把女孩強摟進懷裡，一路從客廳玩到房間去。可是門一打開，他只看到怪異的亮光閃過，隨後癱軟倒地。

培雅收回電擊棒，表情瞬變，冷酷跨越不省人事的大尾。針筒直接朝他的頸子注入藥劑，然後對門外以下令的口氣喚著：「進來。」

被迫同行的小茜提著大型行李箱進門。徬徨的她左顧右盼，嫌惡地說：「好噁心的地方。」然後看見昏迷的大尾，又忍不住說：「好噁心的人。」

「裝起來。」培雅指示。

小茜躊躇不前，猶豫地說：「這樣太、太魯莽了！帶到樓下去一定會被發現啦，如果警察調監視器怎麼辦？」

「就說是你幹的。」培雅說得事不關己，惹得短髮女孩不甘心地嚷嚷：「什麼我幹的？明明你才是主謀！」

培雅再次拿出電擊棒，威脅的閃爍電光讓小茜乖乖閉嘴，安分作事。

培雅一面監督小茜，一面計算還有多少鬼哥手下流竄在外沒有被她抓到。她的計畫很簡單——既然找不到收購商，就讓收購商來找她。

一具屍體一次機會。幻聽說，培雅壓抑不聽。但她確實要以鬼哥的手下當籌碼，換取傳輸再次現身。

雖然屋裡瀰漫各種異味，仍擋不掉那逐漸濃郁的香水味。培雅望向門口，香水味的來源是個畫著大濃妝的女人，厚重的粉底稍微掩飾了真實的年紀。

濃妝女拎著仿冒的ＬＶ包，嘴巴變成困惑的Ｏ形，顯然對目擊的一切還無法解讀，就這麼乾站門外。

濃妝女傻愣的時間給予培雅足夠的空檔。她快速上前，電擊棒直接抵上濃妝女滿是細紋的頸子。省略尖叫，濃妝女在電光逝去後倒地。

又多一個籌碼。培雅心想，拿出另外準備的針筒注射，然後將爛泥似的濃妝女拖進屋內。

「啊，怎麼又一個？」忙得滿頭大汗的小茜發現濃妝女，頓時垮了臉。

眼看工作量又增加了，小茜踢著大尾露出行李箱的腳掌，不滿地抱怨：「行李箱會裝不下啦！」

十二、第一排觀眾席請就座

儘管這個暫時藏身處的環境整潔，更是接近無塵的程度，但十年就是無法喜歡。無論規模大小，這裡終究是醫院，瀰漫著這類場所才有的特殊氣味。冷冷的，過於沒有感情而令人聯想到死亡。

以性命作為賭注的十年不怕死，每次的行動都是在生死邊緣徘徊。一旦失手，下場自然毋須多說。他不曾畏懼，只怕無法殺盡傑克會一償多年宿願。

病床純白得連皺折陰影都要無法顯現，十年老早就換上同為白色的成套衣物，寬鬆簡便，方便密醫定期檢查傷勢。

養傷的他這幾天都待在病床上，偶爾下床走動。可惜活動範圍有限，只限於這狹窄的白色空間。因為活動量驟減，十年在夜間更難入睡。今晚又是無法成眠，取代睡意的是如塵埃飄揚的思緒，凌亂地沉沉浮浮。

聽以豪說，張霖青的女兒同在這棟大樓。原來名字叫培雅。

那天的情景躍然浮現，十年沒有忘記這女孩是如何反抗，拚死阻止他傷害她的弟弟——儘管十年不曾想對兩人出手。

那時候的十年陷入無解的困境，滅口雖是選擇之一，卻為完全不會動用的選項。他區辨出這兩個孩子是無辜的局外人，對父親的所作所為全然不知情。

沉溺在虐殺取樂的人擁有一種獨特的味道，十年之所以能夠準確辨認這些傢伙，正是因為擁有這類嗅覺。

人是視覺的動物，容易被表象迷惑、欺騙，可是傑克會所有的外在偽裝都是徒勞無功，無論以何種樣貌出現在十年的面前都無法欺騙他。

比如張霖青，這個人看起來是個和藹可親的小學教師，帶著讀書人的儒雅氣質。十年猜想，他在家長之間的風評應該很不錯。

張霖青是如此巧妙地隱藏住右胸的刻印，還有不能為人所知的嗜虐癖好，就連長年同住一個屋簷下的孩子也沒有識破他披上的假貌。

可是，為什麼那個女孩產生如此戲劇性的轉變？如果以豪所說為真，她就是地下室那些哀號的始作俑者。

要讓一個單純的女孩形變成這樣的面貌，究竟要經過如何煎熬痛苦的歷程？十年無法猜想姚醫生是如何從中蠱惑，但其絕對是關鍵。

十年越想越是警覺，當初是姚醫生設局讓張霖青命喪他手，現在又接管培雅。她究竟在盤算什麼？是否要引導培雅復仇？

復仇者被另一個復仇者給追殺，這種走向的確有姚醫生的風格。

十年不會天真到放棄戒心，尤其是居於弱勢的現階段。枕頭下始終藏著小刀，以便隨時取用。

現在的首要目標是專心養傷，一旦傷勢痊癒至可以負荷長時間行走，十年就會立刻離開。越是久留，風險越高。若不是這身傷勢無法自行處理，他是絕對不會踏足此地的。這棟華廈就像大型陷阱，藏著各種祕密。

傷處又隱隱作痛，十年手按腹部，轉移對痛楚的注意力。對於姚醫生的憂慮，就這麼被另外新起的思緒給轉移。

就是這個位置，十年心想，稍微加重力道。開膛就是從這裡下手——一刀插入，劃開，就此一分為二。

受害者在死前會遭遇各種折磨，端看成員的喜好，他們自有一套行事方式，但無論如何玩弄、無論受害者的性別老幼或身份地位，最終的結局絕對脫離不了開膛。這是一種默認俗成的儀式，為了彰顯開膛手傑克之名。

喪心病狂。十年只能下這樣的註解。

心亂的十年索性下床，百般聊賴地東看西瞧。這裡的諸多儀器對他來說都是只認得形貌，卻完全不知道怎麼操作的陌生東西。不過，有一樣物品引起他的注意——

那是一排攤開擺放的手術刀，通體以不鏽鋼鑄成，刀刃擁有各式相異的形狀。十年拿取其中一把，手感冰涼堅實，跟慣用的小刀相當不同。他隨手把玩，又拿備用的床單試割，輕鬆俐落的手感讓他相當訝異，遠比想像得還要鋒利。

十年掂了掂手術刀的重量，很輕。順著刀身的反光，他注意到牆上的鐘，凌晨三點十九分，快要記不起來這是第幾個失眠的夜。

他忽然想起外面的光景，莫名想起充斥著沐浴乳氣味的超市，想到微涼夜裡的小屋燈光、冒著熱氣被端上桌的麵……

莫名其妙。十年搖頭，這些不屬於他，他不能擁有這些。

也不能擁有。

×××××

在路燈的昏黃橘光之下，一臺黑色休旅車毫不客氣地並排停在路肩。時已深夜，路上無人無車，空曠得足以筆直望見道路盡頭。斑馬線號誌的黃燈獨自閃爍，很久很久，才偶有一臺車輛疾駛而過，帶起轉瞬即逝的小小騷動。

黑色休旅車的後座車窗降下，露出一張活屍般憔悴的臉孔——

先前闖入小屋意圖殺害十年的傑克會成員，他在成員之間的稱呼正如富有特色的外表，就叫「活屍」。

活屍有長期的睡眠障礙，浮腫的眼袋積著厚重的黑眼圈，讓他的脾氣比誰都要暴躁。那對混濁的眼珠越過馬路，彷彿在等待負傷獵物斷氣的禿鷹，緊盯目標建築。

駕駛座的車門打開，下車的是個打扮中性的女人。髮型刻意剪成男性的俐落短髮，恰好露出戴著黑鋼耳環的右耳。素面襯衫及皮靴皆與耳環同色，像隻烏鴉。她的身形瘦長，透著不輸給男性的銳氣。

她叫凱莉，這個綽號來自開膛手傑克的最後一位受害者。

凱莉拿出寶亨薄荷煙，叼了一根然後點火。隔著上升飄散的煙霧，她的視線與活屍一致。

「這幾天出入的人多了。」凱莉尋思。

「麻煩死了！」活屍煩躁地抓亂稀疏的頭髮，劇烈的動作牽動傷處，痛得咬牙。於是又想起十年，這些傷都拜他所賜，這個可恨的小子。

一時的敗逃沒有讓他們放棄追殺十年。相反地，兩人竟然循線找到此處，監視十年的藏身處。

「聽說是私人的諮商診所，要不要，你裝成看病的混進去？」凱莉問，「反正你本來就有病。」

活屍怒瞪，不善言詞的他回擊得很虛弱：「你才有病！」

凱莉巒不在乎地聳肩一笑，故意往活屍臉上吐煙。活屍不顧身上傷勢，推開車門後狼狽跳了出來，手探進外套就想抽出暗藏的鋸齒刀。

凱莉按住他的手，「想幹嘛？有力氣要殺我為什麼不先殺那小子？魯蛇。」

隨著凱莉的嘲諷，活屍越加不快，耳朵漲成不自然的紅。

凱莉很享受活屍的惱怒，愉快地把煙蒂遠遠彈開，直接鑽進車內。「今天就這樣了，上車。」

怒氣未消的活屍不為所動，一股勁猛瞪。

凱莉倒是不以為意，用著過份輕鬆的口吻說：「不要讓Mr. J01等太久，今晚有表演。去不去？不想看就當賺免費的酒喝。」她拍拍方向盤，「如果不去就把車門關起來，我要走了。」

「啊吼！」暴怒亂叫的活屍鑽進車內，用力摔上車門。後座的他幾乎要伸手掐住凱莉的頸子，「等我殺掉他們，再來就是殺你！」

「等你啊。」凱莉無視活屍的叫囂，再含根新的煙，一手操縱方向盤，一手靈活地點火。

凱莉駕車來到捷運民權西路站附近的商圈。活屍心不甘情不願下車，不免俗又猛力摔了車門。

露出輕笑的凱莉沒理會活屍刻意的粗魯舉動。她把煙盒收進襯衫口袋，拎著車鑰匙走進騎樓，鑽過半升起的鐵捲門，踩著通往地下的階梯。

盡頭是一扇玫瑰金色澤的不銹鋼門。靛色的招牌有一行飄逸的金色字體——Whitechapel。

吧檯裡，身著西裝背心與白襯衫的男性酒保握緊雪克杯，酒與冰塊在來回甩動中撞出悅耳的聲響。酒保對剛進入酒吧的兩人微笑，示意活屍與凱莉隨意找位子坐，手上動作不停，往面前的玻璃杯注入橙黃色的調酒，冰塊與柳橙丁在杯中搖搖晃晃、載浮載沉。

酒保拿取另外的玻璃杯，倒入苦艾酒又扔進一株迷迭香，點火後直接夾取被藍色火焰包裹的迷迭香，放在調酒之上。

藍火緩慢熄滅，迷迭香的香氣隨之漫出。酒保把完成的調酒輕推給面前的金髮綠眼的外國男人。

「你的Ice Ball，慢用。」酒保有禮地招待。

「Mr. J01，謝了。」外國男子道謝，口說的中文當然帶著外國的腔調。

被稱呼為Mr. J01的酒保是這間酒吧的擁有者，亦是大工廠的委託人，代號為「蛙卵」。

至於外國白人，他不是無知闖入的酒客，他跟在場的Mr. J01、凱莉還有活屍一樣都是成員，綽號「鷹勾鼻」。今晚，是傑克會的專屬聚會。

Mr. J01接著親切招呼：「要喝什麼？」

「Stinger。」凱莉秒答。

「當然。這杯『嘲諷者』太適合你了，凱莉。」Mr. J01會心一笑，當然也沒忘記活屍：「你呢？」

「給他牛奶就好。」凱莉插嘴，藏不住嘲諷的笑意。

活屍氣得拍桌：「你才喝奶！給我威士忌，不加冰塊不加水！百分之百純的！」

「今天怎麼樣？」Mr.J01忽略發怒的活屍，開始準備調酒。

毋須用眼睛確認，他單憑感覺直接拿取白蘭地與白薄荷香甜酒，開始調配Stinger。這間酒吧是他的王國，對於所有酒類的擺放位置當然瞭若指掌。

「那小子還是沒有出現，不相關的人倒是進進出出。搞不好是排哨站崗當守衛。」凱莉自信滿滿地說：「早晚會逮到他的。我不信他可以一輩子躲著不出來。」

「當然。我們不急。只要現身，就逮住他。」Mr.J01節奏規律地搖晃雪克杯，有股專業的職人氣勢。

「活逮。慢慢凌虐，直到他哀求要我們殺了他。」鷹勾鼻擁有與漂亮的綠眼睛不相稱的陰狠。

Mr.J01搖頭：「哀求沒有用的。他會死得很痛苦、很痛苦。」

「什麼時候要表演？」活屍打岔，他已經不管威士忌了。事實上他對酒還有這些談話毫無興趣。受傷讓他這幾日累積了不少的憤怒還有怨氣，就想看表演發洩，最好還有機會實際動手。

「先喝完這杯。」Mr. J01笑答，取來雞尾酒杯，將調好的Stinger緩緩倒入。

凱莉向Mr. J01致意，啜了一口美好的調酒。活屍在旁催促：「直接喝完，不要浪費時間。」

凱莉斜睨一眼，故意喝得越加緩慢，吊足活屍的性子。

「媽的，欠教訓的賤女人，信不信我幹死你！」受不了一再被挑釁的活屍惡狠狠威脅：「不要以為穿男裝你就會變成男的！」

凱莉豎起食指，輕挑地左右晃了晃：「一根手指，賭你不舉。」

Mr. J01捧腹大笑，在他過份愉快的笑聲之中，活屍的臉因為憤怒變成誇張的慘白，乾瘦的身體明顯顫抖，雙手死死握拳。

「喂！」鷹勾鼻大喊。因為活屍突然拔出鋸齒刀，銳利刀刃直抵凱莉的頸子。

可是凱莉不為所動，任憑刀架在脖子上，若無其事地喝酒。

Mr. J01拍拍手，安撫小孩似地說：「好了好了，到此為止。把刀放下，可是不要收起來，等等用得到。最後讓給你收尾。」

「真的？」活屍喜出望外，枯槁的臉頰散發著違和的活力。

「當然，那有什麼問題？」Mr. J01走出吧檯，拿刀在手的活屍亦步亦趨地跟在後頭。

凱莉斜眼看著情緒控管極差卻又容易被安撫的活屍，跟鷹勾鼻交換眼神，兩人都藏不住鄙視的冷笑。她擱下空酒杯，又點了根煙，才與鷹勾鼻一起走到酒吧盡頭的隱蔽房間。

上次獨活的那名女上班族還被囚禁在此，不過已經不再倒吊在半空。Mr. J01終於讓她能夠踏實接觸地面。

女上班族的雙眼哭得紅腫，臉頰留有半乾的淚痕。多日沒有清洗的油膩頭髮披散在臉頰與肩上，像個邋遢遊民。

進門的Mr. J01、手拿鋸齒刀的活屍又讓女上班族陷入混亂的驚慌狀態。她掙扎著要逃開，盡一切力氣想要避開活屍，可是雙腳被鐵鍊綁縛，鐵鍊的一端與天花板的鋼製掛勾相連，女上班族再逃也無法逃得多遠，被絕望地限制範圍。

眼看著Mr. J01步步逼近，女上班族的臉孔害怕得扭曲，放聲大哭，像個嬰兒用力啼哭，哭得撕心裂肺、哭得令Mr. J01心癢難耐。

凱莉雙手抱胸，冷漠地倚在牆邊，看著其他三個成員團團包圍女上班族。活屍與奮揮動鋸齒刀，發出陣陣銳利的風聲。

女上班族親眼目睹同事慘死，知道接下來即將發生在自己身上的慘劇。她瘋狂搖頭，一頭亂髮左右亂甩。

「不要……不要啊……」

Mr.J01清了清喉嚨，故作隆重地宣布。

「表演，開始。」

十三、魔鬼與魔鬼在交易

培雅又入手新的「籌碼」。

現有的籌碼總共三具，其中兩個是鬼哥的手下，另外一個是湊巧涉入的濃妝女。雖然無辜，但是培雅不打算放過任何機會。

為了見到傳翰，無論還要犧牲什麼她絕不會猶豫。

殘餘的鬼哥手下當然遠遠不只這些，他們就像躲藏在陰暗水溝的臭蟲，沒完沒了。直到與傳翰相見之前，培雅不會停止搜捕這些臭蟲，即使消耗殆盡也無所謂，她沒有忘記親愛的同校同學們。

當初這些同學是如何對待培雅的，她至今仍沒忘記，也不可能從記憶抹去。在精神狀態扭曲的現階段，不斷加累的恨意更深，沒有寬恕的可能。除去充當籌碼，正好一併了結過往恩怨。

培雅的走火入魔著實苦了小茜，令她不單是充當司機，還要負責把運送回來的籌碼搬進地下室。本來小茜被賦予的任務是要監視培雅，現在卻變成任憑差遣的僕役。

小茜吃力抓著籌碼的腳踝，一步接著一步踩穩階梯，把這個無用地痞拖下地底。那對瘦弱的手臂像繃緊的纜繩不斷顫抖，隨時會繃斷似的。

這個剛綁來的籌碼被綁縛住四肢，就像一條噁心的巨型蠕蟲。

「叩、叩、叩……」每踏下一階，籌碼的頭顱就這麼撞在堅硬的水泥階梯一次。小茜光是搬運就費盡力氣，自然無暇顧及途中的碰撞。待拖行至地下室時，吊燈下的籌碼已經滿身擦傷，臉孔遍布瘀青。

「你選一個。」培雅指示。

「選什麼？」忙出一身汗的小茜一時抓不著頭緒。她踩住籌碼，再次仔細地綁牢繩索。

「從三個人裡面選一個出來。」培雅不耐煩地解釋。

不情願的小茜面有難色地說：「我電影看很多，我知道選出來的那個要先死對不對？這樣不就變成我是壞人了嗎？我才不要擔這個罪名。」隨著她用力打完數個死結，腳踩的籌碼形似過份花俏的木乃伊。

「可是啊，我覺得從那個叫大尾的開始好了。如果要問為什麼選他的話，很簡單啊，看就知道了，這麼噁心當然先解決掉，趕快讓收購商帶走比較好。」小茜抹去額頭汗珠，忽然像挑選棒棒糖口味般天真無邪地說。嘴巴真的很誠實。

培雅原本想隨意決定，現在暫且順了小茜的意思。

「把他拖出來。」培雅命令道。大尾跟濃妝女是昨天捕獲的，現在暫時關在清洗房。

「記得把這隻關進去。」培雅補充，直接用畜生的單位量詞來描述鬼哥的手下，沒有視之為人的意思。

小茜就地蹲下，雙手一攤，抗議地說：「沒有力氣了啦，你看，我手都還在抖。

你自己搬。」

培雅緩步走近，居高臨下俯視。「是你選的。」

「是你叫我選的。」小茜回嘴。

「那從你開始。」

「開始？我？」小茜驚呼，萬般不可置信：「你怎麼忍心這樣對待我？」

「我會跟以豪說，你因為粗心發生了意外。」培雅的口氣要比談論天氣更加稀鬆平常，令小茜後頸發麻。更驚悚的是培雅接著補充：「他不會起疑的。就算懷疑我也來不及了。」

「我不知道真正的惡魔長什麼樣子，但我覺得你就是了！」小茜倒抽一股涼氣，別無選擇的她哭喪著臉，認命照辦。

已經清醒的大尾很不受控制，同樣是四肢被縛，他的掙扎卻更是激烈，不停地扭動，試圖翻滾掙開小茜的掌握。小茜還因此硬生生挨了大尾一腳，好不容易才把他從清洗間拖出來。

小茜擦去臉頰的鞋印，一面報復性猛踩大尾，一面怒喊：「很痛啊！」

「讓開。」培雅冷冷地命令，要小茜別礙事。

剛好消氣的小茜立刻退到一邊，還真擔心培雅會臨時起意把她也算進籌碼。

培雅拿出針筒，內裝的黃綠色液體像哈密瓜汽水，就差沒有細密的氣泡。大尾看見針筒亦是困惑，幸好遲鈍的他還是明白了那是要招呼在自己身上的，所以更加拚死掙扎，被封住的嘴巴透出嗯嗯唔唔的悶響。不是求饒，就是咒罵。

「怎麼會注射汽水啊？」小茜傻呼呼地問，覺得忙了老半天也有點渴了，如果來點冰透的汽水一定很過癮。

「清潔劑。」培雅稍微推動針筒，射出的液體散發廁所慣有的人工香料味道，嚇得小茜忍不住掩鼻。

大尾困在嘴裡的哀鳴是那樣難聽，讓小茜聯想到一種叫「銅牛」的古代酷刑。這種刑罰號稱比凌遲更加殘酷，是把人關進空心的銅牛後用烈火去燒。隨著銅牛受熱，被高溫燙烤的受刑人會發出慘叫，悽慘的哀號透過銅牛嘴巴裝著的喇叭發出，據說聽起來就像是牛的叫聲。

「這樣真的會死嗎？」小茜忍不住問。

「不然你試試看？」培雅抽出另一管針筒，筒內裝有同色的液體。

「你這個魔鬼！惡魔！沒良心的慣老闆！」小茜邊罵邊退，不敢再輕易接近。

培雅當然無心繼續作弄她，現在通知收購商才是要緊事。

聯絡完畢的培雅立刻前去停車場入口等待，因為收購商每次都是從這裡出入。

與她的期待對比，陪等的小茜卻是憂心忡忡。

除去培雅跟密醫，所有人都知道姚醫生目前收容被傑克會盯上的傢伙，傑克會說不定已經埋伏在附近了。若是平常迅速進出就罷了，現在明目張膽站在門口，入口甚至完全開放，簡直就是邀請傑克會入內參觀，就差沒有搖著「請跟我走」的歡迎小旗子。

小茜費盡心思，想著該如何勸培雅安分待在停車場等候，不要暴露在外增加不必要的風險。

可惜與培雅短暫相處的這段時間，她已經深刻明白並實際體會培雅的為人，也透過以豪得知培雅先前在地下室的種種作為，那要比單純注射針筒更可怕，好萊塢那些虐殺電影真應該找培雅去擔當兇手才對。

最後小茜一一否決所有方案。與其奢望讓培雅配合，不如自己先自盡比較乾脆。

她偶爾偷瞄一旁的培雅。只見這個惡魔似的女孩雙手抱胸，也許是午後的斜陽映照的緣故，也許是小茜眼花，覺得此刻的培雅不如往常虛弱，慣有的病態蒼白以及視人於無物的冷酷褪去許多。

焦躁等待的培雅不時張望四周，偶爾還會咬著下唇。這讓小茜大驚失色，現在的培雅看起來就像戀愛中的少女，那個心狠手辣的魔鬼到哪裡去了？

苦等許久，終於聽見汽車的引擎聲。培雅翹首期盼，卻不是收購商的貨車，而是搶眼的鮮紅色瑪莎拉蒂。失望的她垮下臉來，十足不悅地皺起眉頭，怒問：「這是誰的車？」

「問我嗎？沒看過這臺車啊。」小茜好奇盯著來車。紅色瑪莎拉蒂流暢轉進通道，在兩個女孩面前停下。

駕駛是熟面孔大衛杜夫。他一如往常的西裝筆挺，面帶掌握一切的自信笑容。也只有這樣的人才能真正駕馭名車，若換作是俗人，哪怕車的要價有多驚人，與之相配也不過成了昂貴的廢鐵。

「好久不見。可是我猜，你們不是為了迎接我才等在這。」大衛杜夫的聲音爽朗無比。儘管培雅臉色不善，他仍是從容自在，不以為意。

「他怎麼猜到的！」小茜驚呼。

大衛杜夫笑了笑：「雖然你沒有歡迎我的意思，但我跟姚醫生有約。失陪。」

培雅別過臉，盯著街道的來車，繼續等待她的等待。

××××

凱莉與活屍遠遠監視。

黑色休旅車煙味瀰漫，望著車頂發呆的凱莉嘴巴微張，團狀的白色煙霧緩慢飄出，上升至車頂後再往四周散開。

「有人！」後座的活屍突然大喊。

凱莉斜眼瞄向車窗外，這位置正好可以直接看見停車場的出入口。一臺紅色的車在入口稍微停頓之後，便直接駛入。她轉而觀察那兩名久候的女孩。

凱莉原本以為她們是在等待那臺紅色的車來訪，但並非如此。

她們在等什麼？是不是故意作餌？凱莉思索，將煙蒂按在煙灰缸裡，左右扭轉捻熄。如果這真的是餌，那未免也太粗糙了。在真正的目標出現之前，她絕不會莽撞出手。

凱莉把玩煙盒的掀蓋，思緒隨之翻轉。

當初，凱莉就是因為針對毫無防備的普通人過於無趣，才會爽快答應Mr. J01的邀約。她嗜虐的心無時不刻蠢動著，可是懂得自制，不犯下不必要的錯誤。比起莽撞撲殺，她更懂得聰明地狩獵。

謹慎選擇動手的時機有其必要性，可是這樣虛耗全然是浪費時間，必須採取更激烈的手段。

傑克會的習性是潛伏暗處，不被人所知進行綁架與虐殺，卻不代表非得如此。除了開膛，他們沒有務必遵守的信條。

Mr. J01昨晚提及又有幾名成員加入反獵殺的行列，共同追蹤這個名叫「十年」的獵殺者。擁有足夠的人手，等於擁有更多選擇與更激烈的手段。

潛伏夠久了，凱莉心想，是時候改變玩法了。

×××××

「好久不見。」大衛杜夫依然是同樣的開場。

他與姚醫生各自在會客室的高級沙發坐下，以豪隨即端來茶點。嗜甜的大衛杜夫將一顆又一顆的砂糖往伯爵茶扔，直到茶的表面都浮著糖粒才罷手。

姚醫生倒是一顆糖都不碰，只喝單純的原味。她擱下茶杯，調侃地說：「最近在忙什麼？我還以為無所不知的情報商遭遇不測了呢。」

「出了趟遠門，看些不一樣的。」大衛杜夫自嘲地補充：「我實在太容易厭倦了，只好走走看看，擺脫一成不變的老東西。」

「有收穫嗎？」姚醫生嘴角含笑，在某種程度上她與大衛杜夫是同類，自然懂得那份心情。

大衛杜夫摸著下巴，思索後說：「現在還不知道。但我很期待。非常期待。」

「既然都來了，要不要順便探望十年？」

大衛杜夫彈響手指，興奮表示：「我看到培雅了，好奇讓她跟十年共處會發生什麼事？」

「我也想知道。」姚醫生贊同地附和，「可惜現在還不是時候。十年在養傷。」

「他真的被傑克會襲擊？」大衛杜夫饒有興味地詢問。「原來真有這一天啊。我知道十年夠聰明，也懂得好好隱藏行蹤。傑克會既然找得到他，代表的確有一套，負責收集情報的恐怕是不亞於我的高手。」

「這算是順勢捧自己一番？」姚醫生取笑。

「我的本領毋庸置疑。」大衛杜夫大方承認，「這讓我越來越感興趣。連十年的情報都掌握得到，我大概有底，可以猜到可能是哪些人。」

「同行？」

「沒錯。」大衛杜夫點頭，又手癢往茶杯多扔一顆砂糖。「我想知道他們協助傑克會的理由，是利益交換或是另有其他原因？」

「不如，我拿培雅與十年碰面當交換，換你這個情報？我也相當好奇你的同行之所以與傑克會合作的原因。」姚醫生提議。

大衛杜夫再度彈響手指，響亮得像有一小團火藥在指尖引爆，連在會客室外守候的以豪都聽得見。

「一言為定。」

十四、新手收購商獨自接案中

同樣的貨車，不變的街景。

相異的是獅子獨自一人，不見冷酷寡言的獾。就在昨晚，獅子接獲大工廠的指令，從今日開始獨立負責委託。

這對他而言，當然是求之不得。

無論明裡暗裡，都沒有人想要被監視。少去棘手的獾，卻擺脫不去安裝在宅急便制服的監聽器。獅子已經掌握到位置，就是領口的鈕扣。他無法確定這種監聽器的效果有多好，只有提防。

除了監聽器，獅子猜測大工廠另有其他的手段。首先懷疑的便是貨車，如果裝有追蹤器也不讓人意外，這可以有效掌握各個收購商的位置。說不定另外還有安排的眼線，裝成平凡的路人四散各處。

該何去何從？這是獅子近日開始思考的問題。他比預期的還要更快厭惡大工廠。

沒了獾就近監視，隨時能夠一走了之展開逃亡。大工廠的行事作風令獅子反感，無論是監控也好滅口也罷，這些都一再觸動他的底線。

獅子不免懷疑，為什麼其他的收購商甘願替大工廠辦事，是否也曾動過離開的念頭？大工廠另外具備何種手段防止收購商擅自脫離？

除去收購商本身，獅子不認為大工廠內還有其他具威脅性的角色，除非那些穿著灰色工作服的傀儡人會發動自殺攻擊。獅子發現無法否認這種可能性。

他的腦海浮現傀儡人引爆炸彈與收購商同歸於盡的畫面——一片猩紅破碎的血肉橫飛。

不對，獅子搖頭，竟然忽略大工廠背後的主人。是誰在管理整座大工廠？又是為了什麼目的派遣收購商四處收屍？

看不見的，才是最危險。

謎團越多，卻讓獅子越認為多想無益。能獲取的資訊有限，更沒有機會深入大工廠的內部。收購商或大工廠那些傀儡人無法給予答案，這些人都是有「狀況」的，正如獅子本身。

一群有病的人聚集在一起，原來會是這樣的情景。獅子自嘲。

他不自覺咧起嘴角，發出冷笑。直到看見照後鏡的臉孔才驚覺為什麼會笑？與昏迷乍醒的日子相比，現在除去纏身的罪惡感，終於能強烈察覺到其他情緒，好像失語症的人終於明白如何言語。

真的很不自然，這股感受相當微妙，類似畢生在沙漠過活的人忽然碰見冰塊，無法用言語說明。

說到笑容，獅子未曾看見其他人笑過，獾更是整日都扳著臉，像個沒有情緒的死人。

獅子想起藏在樹林的木屋。曇花或許是大工廠最有血有肉的人了，可是她亦有自己的「狀況」。雖然曇花並非跟收購商一樣被大工廠控管，但獅子隱約覺得曇花跟大工廠有股微妙的連結。

該不會曇花是大工廠的主人？

怎麼可能。獅子很快屏棄這種無根據的猜測，曇花無法管理大工廠的，不可能。

「呼叫獅子。委託人代號蛇胎，地點內湖區……」接受大工廠訊號的加密廣播毫無預兆響起，督促他該出動了。

獅子記得這個委託人，前些日子才剛去過。當時回收的屍體慘不忍睹，身上數以百計的血孔裸露出半截釘針，眼睛也沒能倖免，生前必定經過刑求才會變成那副德性。

有「狀況」的，從來就不只限於收購商啊。他想。

獅子踏下油門，貨車駛離待命的停車場。停止腦內所有臆測，開始執行任務。

××××

獅子抵達目標地，依照獾先前指示的直接繞過正門，前往停車場入口。

這次入口的鐵捲門大開，還多了兩個女孩。左邊的短髮女孩穿著打扮像個過份活潑的大學生，可是看上去有些驚慌，不知道在懼怕什麼？

至於右邊的高䠷女孩，全身黑色系的打扮襯得雪般的膚色更白。她雙手抱在胸前，呈現不信任的防衛姿態。

兩個女孩自然是培雅跟小茜了。獅子事先確認資料，知道培雅即是委託人「蛇胎」，除此之外沒有多餘感想，只當是工作的一部分，不過是恰好遇見的過客。

隨著獅子的貨車駛近，培雅的眉頭鎖得越緊，她毫不客氣地擋在車前，迫使獅子停車。

獅子沒有下車要女孩讓路，兩人隔著車窗互看。看著看著，培雅先忍不住，快步走到貨車旁，不客氣地猛敲車窗，像連串的暴雨打來。

獅子放下車窗，一雙手隨即探了進來用力揪住他的領子。

「你打扮成這樣是什麼意思？」培雅大喊，怒目以對。

獅子不解。

「為什麼你不見這麼久，還變成收購商？你明明就好好的，為什麼不來找我？為什麼弄得像從這個世界消失？」培雅的語氣激烈，像要把長久累積的情緒一次爆發，

「你知不知道我……」

培雅停頓不語，雙手越抓越緊，擔心獅子會突然憑空不見。

「你怎麼可以……」培雅慢慢垂下頭，隱約可見細小的淚珠滴落。她就這麼靠在車窗旁，一句話也說不下去，手指深深陷進獅子的衣領，顫抖著。

「東西，在哪裡？」獅子無動於衷地問，公事公辦。

「你在說什麼？」培雅猛然抬頭，鼻尖紅通通的，被淚水打溼的睫毛閃爍著光。

她不可置信地望著獅子，不曾想過會招來這樣冷漠的應對。

「東西，在哪裡？」獅子重複。

「你在說什麼？」培雅亦是重複，「你為什麼只顧著那些不重要的……你是不是故意要騙我？大騙子，就說過你是騙子了！不要再跟我開這種玩笑了好不好？我好不容易、好不容易才……」

即使培雅如此掏心泣訴，獅子卻不領情。

「你是誰？」獅子的語氣陌生得令人害怕。

培雅愕然瞪大眼，臉蛋刷地變得慘白。新的淚珠凝在眼眶，不斷打轉。她的嘴唇微張，卻是一個字再也說不出來。

盈滿的眼淚終於承載不住重量，順著培雅的面頰滾落，一點一點、一滴一滴，最終成雨。

目睹全程的小茜再也不能袖手旁觀，趕緊過來安撫泣不成聲的培雅。此時此刻，她看見的不是那個不擇手段的魔鬼，只有一個無助哭泣的少女。

她輕拍培雅發顫的單薄肩膀，卻被一把撥開。

小茜甩了甩發疼的手，瞪著獅子，不悅地責備：「裝什麼不熟啊？培雅為了找你搞到自己昏倒好幾次，你怎麼還問人家你是誰？」

車裡的獅子沉著臉，又是那句話：「東西在哪裡？」

憤憤不平的小茜衝著他大吼：「在地下室啦，這麼想要自己下去拿！」

在引擎聲與哭聲交錯之中，貨車就這麼越過兩個女孩的身邊，他順著斜坡駛下停車場。

獅子搬著裝屍箱走向地下室時，已經聽不到女孩的哭泣。順著斜坡往上望去，盡頭可以看見入口的光，近晚的餘暉對陰暗的停車場來說仍顯刺眼。

預約好的屍體像廢棄的垃圾草率亂扔。是個地痞模樣的男人，微黃的眼珠子茫然瞪天，被封死的嘴巴隙縫滲出白沫。獅子視線下移，發現男人頸子有個醒目的針孔，死因一目了然。他扛起屍體，倒垃圾般扔進裝屍箱，將露出的手腳折疊好，最後蓋妥箱蓋。

搬著鐵箱返回貨車停處時，獅子不自覺又往入口看。

這次，一個逆光的人影緩步走下。

培雅面如死灰，恍如無依的鬼魂。

視若未睹的獅子繼續作業，果然身後有腳步聲不斷靠近。他轉身，培雅已經走至不足三步的距離，那雙飽含各種情緒的眼眸直盯不放。

培雅突然舉起手，電擊棒前端放出閃爍的電光，但被動作更快的獅子一把揮開。

電擊棒被撞得遠遠的，落在地上發出略沉的聲響。

「啪！」吃痛的培雅愕然握著手腕，隨後揮來巴掌。獅子不避不躲，臉頰結實挨下。響亮的巴掌聲迴盪在停車場。培雅打得用力，一頭長髮跟著劇烈擺晃。

「你記不記得你答應過什麼？」那張失去血色的臉孔，幾道淚痕清晰可見。

「你記不記得？」

「記不記得？」

培雅的連三問只換來獅子的沉默。

毫無反應的獅子自顧自關閉貨廂，一切依照作業流程。在他打開車門準備離去的瞬間，制服忽然一緊——

培雅拉住他的衣角。

「傳翰……不要走。」培雅哀求，咬著下唇的她不斷搖頭，像個害怕被拒絕的孩子。

獅子握住她的手，脆弱得不堪一折的指尖冰冷得嚇人。

培雅以為終於換來回應，忍不住握得更緊，卻被獅子一把扯開，扣緊的手指只抓了空。

「我不是傳翰。你認錯人。」獅子關上車門，用力踏足油門。

被遺落在後的培雅奔跑起來，但是追不上。她的身影消失在後照鏡，只有那不肯死心的大喊追來：「傳翰！你就是傳翰！」

貨車衝出停車場時，絕情的獅子眼前所見的，是燃燒似的血色黃昏。

十五、作傻事前先想想明天早餐

「培雅……」

收購商的貨車加速離開後，識相讓兩人獨處的小茜這才走下停車場，卻驚見培雅跪倒在地，像具斷線的懸絲傀儡，那模樣連局外人的小茜看了都感受到她的心痛。

還是被拒絕了嗎？小茜替她感到扼腕。

小茜默默蹲在一旁，只見培雅無神地盯著地面，無聲流淚。她明白，這女孩有多麼期待這次的見面，從等待時的焦躁不安便可見端倪。不管那個收購商到底是誰，想必對培雅是非常、非常重要的人。

少去平常的聒噪，小茜安分得什麼也不說，就這麼靜靜守著，直到入口處變得昏暗才驚覺已是晚上。她暫時擱下培雅，慌張關閉停車場入口。

鐵捲門降下時，小茜不忘警醒確認四周，確保傑克會沒有抓住這空隙試圖闖入。

搞定入口，小茜只能再返回原處。她對於現在的局面束手無策，對於培雅與收購商過往的糾葛一無所知，更不懂為什麼收購商要假裝陌生人。

小茜憤憤不平地想，換作是自己被這麼漂亮的女孩子倒追，就算不認識也會裝熟啊。真是沒有眼光的臭男人，不懂欣賞！

何況培雅如此死心塌地，為了找出這名收購商可以說是費盡心思。的確沒錯，因為負責出力的都是小茜。她自憐地甩甩手，搬運綁來的籌碼真不是輕鬆的差事，到現在手臂都還有些痠疼，得找以豪討些痠痛貼布。

「走啦，我們上樓休息。」小茜勸著，如果放任培雅繼續待在這，恐怕到明天早上還會維持現在的姿勢不動吧。

小茜強拉培雅站起，培雅沒有反抗，失去自我意識般任由拉著，順從上樓。

培雅的手掌軟弱無力，握在手裡有點冰涼，可是滑滑的很好摸。小茜牽著她返回房間。培雅躺上床後便背對小茜，側身蜷成一團。

小茜低聲嘆氣，真是要命。她窩進房內的扶手椅，翹起腳玩著手機。眼睛盯著螢幕裡五顏六色四處亂鑽的貪食蛇，操縱自己慢慢養大的蛇，繞圈布好陷阱困住其他小蛇，然後吞殺。

雖然在玩，可是腦袋沒完全跟著享樂，小茜正認真盤算該怎麼幫這個失戀的傻女孩一把。

隨著分數越來越高，小茜壓倒性欺凌其他小蛇。突然，她放棄轉彎，就這樣讓養肥的大蛇撞牆自殺。遊戲結束，小茜的成績勝過百分之九十九的玩家，於此同時也擬好計畫。

她鬼鬼祟祟地偷瞄培雅。這女孩依然像隻極度厭世的簑衣蟲，緊裹著棉被動也不動。

小茜趁機悄聲來到床邊，摸索培雅掛在衣架上的外套。她要尋找的東西單憑觸感即可確認。有了！她暗喊一聲，從外套口袋取出銀色的舊式手機。

要跟收購商取得聯繫需要藉由專用的手機，雖然小茜不瞭解技術的細節，但這支手機被設定只能撥出唯一一個號碼，正是聯絡收購商用的。

至於號碼，不存在手機的通訊錄裡，而是在小茜的腦海之中。這是所有委託人的基本義務，務必記熟。好奇心旺盛如小茜試過以其他手機撥打，但是響鈴一聲後就粗暴地中斷，從沒打通。

過去，她曾與以豪一起發出對收購商的委託。但是他倆不具備正式委託人的身份，是附屬在姚醫生之下。

小茜得出的解釋是這概念大概跟Costco家庭副卡一樣，主卡會員的權利可以分享給他人使用。更可能是收購商看在姚醫生的面子上給予的特別優待，因為姚醫生那麼厲害又漂亮，誰都會想討好她吧！

小茜打開房門溜了出去，搭乘電梯返回停車場的地下密室。這裡瀰漫的恐怖氣味令她不能不掩鼻，是終日無法消散的鐵鏽味混以令人昏頭的藥水味。

她摸索到牆邊的開關將電燈全部開啟。忽然明亮的光線略嫌刺眼，她反射性瞇起眼睛，過幾分鐘才慢慢適應。很好，這樣看起來好多了，先前只留一盞吊燈，看起來好像鬼屋似的。

想到鬼屋，小茜後頸忽然一寒。仔細想想有不少人喪命在此，就算鬧鬼也是合情合理。

「哈哈……」小茜不由得乾笑，「各路大哥大姐手下留情，冤有頭債有主，我都是被脅迫的，有任何不愉快千萬不要來找我。大家和氣生財只肥荷包不肥肚子……」

不對！現在可不是嚇自己的時候！小茜停止無意義的自言自語，她可是早就知道人要比鬼更可怕了。

小茜按著胸口，小時候在育幼院的遭遇幾乎令她對人失去信心。更確切來說，是針對男性。因為沒有就學，換算起來差不多是小學四年級的歲數吧。真是糟透了。那個癡肥的噁心警衛，怎麼有臉把那條又肥又短的東西掏出來見人呢？

她用力吁了一口氣，想把煩噁的往事一併排出。

強忍兩條手臂的痠痛，小茜把一名籌碼從清洗間拖出，這亦是鬼哥手下，是今天才綁來的。一臉就是常見的路邊混混，連三歲小孩也看得出成不了氣候的那種癟三。

籌碼像是被捕撈上岸的活蝦，亂有活力地抖動。這次小茜懂得不要太接近腳邊，免得又吃上腳印。

她放任籌碼在地下室掙扎扭動，甚至逐漸接近通往出口的階梯，反正門鎖得好好的，籌碼就算爬到最頂階也開不了門。

「只要我以為，就不是誤會，誰都是寶貝，有什麼真偽……」小茜哼著田馥甄的《不醉不會》，慢慢翻找工具。簡直像下廚前在備料似的。

她找出培雅遺留的針筒然後取來清潔劑。雖然與之前的哈密瓜汽水不同，不過小茜仔細確認成份，是清洗廁所專用的鹽酸。應該沒問題吧，讓這種東西在血液裡面亂跑一定會出事的。

小茜轉開瓶蓋，插針後吸取滿滿一筒的鹽酸。

「好啦好啦，不要這麼激動，你又逃不出去。」小茜踩著野餐似的輕快步伐，逼近籌碼。

籌碼頭挨在臺階上，正試圖往上爬。拚命的他額頭跟脖子都浮現出大條的青筋，臉孔更是漲紅如蕃茄。

小茜抬起腳，直接往籌碼的頭踩落。籌碼的下巴應聲磕撞堅硬的水泥臺階，結實的聲響讓小茜光聽就覺得痛。不過籌碼還不安分，小茜只好一踩再踩……直到籌碼癱軟，像條死蟲不再亂動。

「很好，好乖好乖。」小茜稱讚，彎身刺出針筒，將鹽酸全數注入籌碼的頸子。沒出多久時間，籌碼呼吸變得急促，身體開始混亂抽搐。

小茜退到一邊，站等籌碼斷氣。她甩著針筒，像週會上的訓導主任開始訓話：

「你看看，沒事跑去當什麼流氓呢，現在被亂打鹽酸了吧！當流氓的風險這麼大，就算沒被我抓到，說不定是替老大頂罪被關好幾年。如果有女友或老婆，等你放出來搞不好早就跟別人跑囉。就算沒跟人跑，你能確定小孩子是自己的嗎？」

「如果有下輩子的話，記得要乖乖當個好人，要謹記在心喔。」小茜叮嚀，還故意擺出擔心下一代未來的長輩嘴臉，隨後吐了吐舌頭：「活該！」

嘴巴被封死的籌碼沒有回嘴，更何況即使是嘴巴自由也沒有回嘴的機會了。

大功告成的小茜滿意點頭，立刻聯絡收購商。

××××

「呼叫獅子。委託人代號蛇胎……」來自大工廠加密廣播發出通報。

待命的獅子當然聽見了，但沒有立即出動。

這個委託人竟然稱呼他為「傳翰」，這是過去的名字？獅子煩悶思索。錯不了的，蛇胎認識他，知道他的過去。蛇胎的委託並非為了善後，而是要見他。

為了見面，不惜殺人。
獅子打從心底抗拒這趟委託。可是身為收購商，所謂的選擇等於沒有選擇。毋須權衡計較，獅子只能出動，當一條聽話的犬。
這次等在入口的只有小茜一人。與早前責難的態度不同，小茜面帶微笑，甚至還熱情招呼他入內。
「辛苦啦，還要麻煩你再跑一趟。」小茜不等他詢問隨即告知：「東西一樣放在地下室。你要不要喝點什麼？我們這邊有一臺氣泡水機很厲害，打出來的氣泡口感超棒！」
獅子根本沒在聽小茜廢話，人已經鑽進變電箱偽裝的入口。預先放好的屍體近在通底的階梯上。
眼看獅子進入，就在等這一刻的小茜馬上助跑，飛身踢擊獅子的後背。依照她的計畫，收購商應該因此滾下臺階。
可是獅子的身軀只是些微晃動，隨後沒事般站穩。
「怎麼會!?」小茜愣住。
獅子緩慢回頭，帽舌下的眼神銳利得可以當場將小茜釘穿。肅殺兇惡的氣勢更是嚇得她直打哆嗦，彷彿與之對峙的是一頭活生生的猛獅。

嘴唇發白的小茜強忍恐懼，趕緊關閉變電箱的入口，然後手忙腳亂搶著上鎖。

忽然一股巨力襲來，小茜的腦袋短暫陷入了空白，恢復意識時人已經倒在幾公尺外的地上。

被撞開的變電箱蓋扭曲變形，發出陣陣嘰嘎聲，餘勁令它搖晃不止。

踏出入口的獅子凶戾逼人，彷彿能徒手將小茜撕成無數肉片。

「咿！」小茜發出恐懼的怪叫，藉著雙足蹬地不停後退。

她的計畫很簡單，就是把獅子關進地下室。反正只要把人困住了，培雅就有足夠的時間慢慢周旋。可惜太傻太天真的小茜完全錯估收購商有多強壯，這點把戲完全不足以困住獅子。

眼看獅子步步進逼，手足無措的小茜突然自暴自棄大喊：「好啊，你就殺了我好了！反正你連培雅都裝不認識，你一定是冷血無情、殺人不眨眼睛的臭男人！」

獅子驀然止步。這傢伙光是站立在那就能產生巨大的威壓感，逼得小茜呼吸困難，不得不擔心獅子真的會將她撕成碎片。

「不要亂來。」獅子警告。說完，轉身鑽進地下室。

小茜無語看著，現在依然有機會困住收購商。可是那扭曲的變電箱蓋似乎在提醒她不要幹多餘的蠢事，否則這將會是她可能的下場。

小茜嚥了口口水，決定還是當個乖孩子好了。她還想吃到明天的早餐。

使命必達的獅子裝箱完畢，無視腿軟的小茜逕自走過。絞盡腦汁的小茜苦於沒有任何辦法，只能發動第一百零一招的苦肉計，慘兮兮地呼喊：「喂，你真的要這樣丟下培雅不管？」

「你是不是始亂終棄，玩完就翻臉不認人了？」小茜又喊，開始胡亂拼湊兩人的過往：「是不是還害培雅墮胎？不然為什麼她這麼虛弱一直昏倒？喂，你說話啊，給點反應好不好？」

獅子斜眼瞪視，隨口威脅：「我還有空的箱子。可以裝你。」

「要裝我可以啊，把培雅一起帶走好不好？反正她看起來就是想賴在你身邊。喂，叫傳翰的……」

「我不是傳翰。」獅子上車，砰地一聲甩上車門。這次又是踏滿油門，貨車的引擎轟隆咆哮，很快從小茜的視野中消失。

「不是傳翰，」離去的收購商對著空氣獨語，為自已下訂制約：「我是獅子。」

× × × × ×

停車場內的小茜狼狽不堪，忍痛慢慢爬起。她審視發疼的手臂，發現布著大片瘀青，一定是剛才被撞飛時受的傷。頭也有些昏沉，暗自希望沒有傷到腦袋，頭部的創傷太危險了會變腦殘的！

她拍去衣服的灰塵，咕噥著收購商的種種不是。就在前去關閉鐵捲門時，忽然發現佇立入口的人影。小茜既諷刺又沒好氣地說：「收購商大人終於回心轉意了？肯好好跟培雅聊了嗎？」

可惜那人並非復又回返的收購商，他擁有形如活屍的醜陋外貌。

小茜愕然呆望那張枯槁臉孔，不祥的寒意令她頭皮發麻。

那人咧嘴，露出噁心的笑容——

他的手裡拿著刀。

十六、來了來了

從百葉窗透射進來的金黃餘暉如潮水消退，終於消失在窗臺，迎來冷冷的薄暮。窗葉的隙縫被夜色填補，諮商室的人造燈光更顯刺眼。

以豪忙碌整個下午，替姚醫生整理客戶資料，渾然沒有察覺時間變化。工作雖然繁瑣複雜，還不足以難倒他。打從被姚醫生從育幼院領出後，他就開始從旁協助，無論多微不足道的事都一手包辦。

他喜歡這種被看重的感覺，也需要被看重。因為在育幼院遭遇的種種，令他總是在對抗被當廢棄物輕蔑看待的不安。唯獨在姚醫生身邊，以豪才能確認自身的價值與使命。

是個棄嬰的以豪沒有童年，長大後的他亦不需要屬於自己的人生，早已決定把全部都獻給姚醫生了，無怨無悔、心甘情願，只盼永遠待在她的身邊。

處理完最後一筆資料，以豪存檔後關閉文件。他伸了伸懶腰，操作氣泡水機調製鳳梨醋氣泡水。飲料入口，無數破碎的氣泡刺激著舌頭，鳳梨的酸恰到好處，正好讓人醒腦。於是以豪不停歇地持續思考。

眼下最大的困境有二：一是傑克會，二是培雅與十年的恩怨。無論何者都是難解，最理想的狀況是十年儘早養好傷離開，獵殺傑克會直到盡數殲滅；培雅則繼續被蒙在鼓裡。

以豪設想事情不會如此順利，這也是為什麼要召集其他人回來。這些人跟他都是在育幼院被姚醫生選中的孤兒。

再加上裝設的監視器，成了最基本的防備措施。無法另外聘請保全的原因，是因為這棟華廈的某些事見不得光，比如培雅在地下室的各種傑作。

收留十年代表與傑克會為敵。如果撇除掉姚醫生的安全，以豪對於保全十年當然沒有意見，但這是會惹來殺人瘋子的棘手事。

現在的被動處境令以豪頭痛不已，因為傑克會躲藏暗處難以捉摸，無法確保何時會有所動作。他不禁考慮加入十年的行動，聯手滅絕傑克會好免除這個禍患？

要其他孩子動手是難，雖然在琴鍵時有料理「特餐」的經驗，不過那是建立在食材都已經處理好的情形上。若要他們針對活人出手，這可是天差地別的兩件事。果然，還是要以豪親自來了。

這實在太麻煩了，就算當作償還欠十年的債也過於慷慨。對於姚醫生施加在十年身上的種種，以豪心知肚明並為此感到疙瘩，可是依然保守這個祕密多年。

真的，好久了。

他打開櫃子，移開掩護用的書堆，取出後面暗藏的鐵盒。盒裡放著幾只針筒，還有數量對應的玻璃小瓶。這些都是不久前入手的高濃度毒品，絕對不是供享樂使用，而是為了面對某些極端狀況。

躊躇許久，以豪還是決定把鐵盒帶在身邊。當初就是為了最壞的打算，才特別準備的。他不斷祈禱，希望不必走到這一步。

離開前確定所有物品都歸定位，以豪這才滿意關燈。

是時候準備晚餐了，不能讓姚醫生餓著。以豪思索今晚該準備什麼才會令她驚喜，一邊走向轉角的電梯。

在安靜的走廊上，以豪聽見重疊的腳步聲，不只是他自己的，還有別人。是從電梯處傳來的。這種時間還會專程來諮商室的，多半是姚醫生吧。

以豪微笑，一如往常準備迎接姚醫生。可是他的笑容維持得極為短暫，很快就被走廊盡頭冒出的陌生面孔給中斷。前所未有的顫慄感流竄以豪全身，撼入骨髓。

陌生人衝著他笑，活屍似的乾枯面容擠出密密麻麻的皺紋，像張粗糙樹皮。陌生人手拎的物事接著奪去以豪的目光，那種紅色過於鮮豔，像扎在心頭刺出的溫熱的血，直想呼痛。

滴淌的紅色像要死不活的雨，斷斷續續，滴滴答答。

一縷髮絲掌握在那人的拳眼，餘下的部份懸在半空。

那是小茜的眼眸、小茜的臉孔、小茜的頭顱。她的嘴愕然半張，那雙曾經鬼靈精怪的大眼，現在牢牢瞪著以豪看不見的遠方。

很遠，很遠。

樓內的警鈴同時大響。是發現入侵者的信號——

太遲了。

以豪轉身便跑，落下的腳步恰如一聲聲急促警鈴。他害怕，卻非畏懼擅闖的不速之客，而是掛心這輩子最重要的人的安危。

他衝向樓梯，險些撞著下樓支援的少年們。他們各自扛著消防斧，遲疑不定地望著以豪，等待他下令。

「攔住他！」以豪手指向走廊上的傑克會成員。

那張活屍臉孔笑得猙獰。這名醜陋的傑克會威嚇地揮舞長刀，凹凸不齊的鋸齒形刀刃像某種喪心病狂的掠食動物。

侵門踏戶的不單是那名貌如活屍的傑克會，就在少年們舉起消防斧要大肆砍殺時，又有兩名傑克會在走廊的盡頭現身。兩個都是壯年男性，一個肥矮、一個中等身材，唯一共通的只有雙眼失控的瘋狂。

五名少年你看我我看你，止不住緊張的喘息。當機立斷的以豪迅速扯開鐵盒，拿出預備好的毒品直接為少年施打。他們毫無反抗，全都信任以豪憑他處置。

強效的毒品入體，發作的藥效令首先注射的少年亢奮叫吼，不顧一切帶頭衝殺。餘下的少年接連厲聲咆哮，紛紛化身衝動的獸。

神情苦澀的以豪自責不已，認為自己過於殘酷。為了保護姚醫生，他沒有一絲猶豫。因為他跟培雅都是同樣的傻子。

以豪必須把握少年們以命爭取的時間。他再次狂奔，不由得慶幸這棟樓的設計是將樓梯與電梯分處兩端，這讓他能夠拚命背離搭乘電梯的傑克會成員，藉由樓梯先衝上樓。

他跑向姚醫生的房間，慌張推門。

即使警鈴作響，姚醫生卻不為所動地倚在桌邊，望著放置在桌上的手機。其中的畫面是與監視器相連接，正好放出二樓會客室外的慘鬥。

姚醫生笑得從容，明知故問：「什麼事這麼慌張？」

看到姚醫生安然無恙，以豪暫且放心。不過現在並非能鬆懈的時刻，傑克會近在樓下！

「你竟然動用那些東西。」姚醫生透過監視器觀察到其他孩子的異狀，她明白那種毒品不單單是危險，還會對人體產生不可逆的傷害。她疼惜地說：「這不是你的作風。」

「是不是我的作風都沒關係。快走，他們來了！」以豪三步併作兩步衝向姚醫生，一把拉起她的手，帶她離開房間。

在這短暫的瞬間以豪特別留心注意，姚醫生手機顯露的畫面非常不妙，遍地盡是血紅。

以豪抽出隨身的錐子，雖然鋒利得足以輕易貫穿血肉，但他記著那酷似活屍的傑克會攜帶的兇器。是一把危險的鋸齒刀，長度是錐子遠遠不及的。倘若交戰，以豪起先便會落居下風。

以豪強迫自己不要再想，現在不該是考慮交戰的優劣，最要緊的是護送姚醫生安然離開。

這些日子他時常心神不寧，被不祥的預感纏身。姚醫生曾經詐死，那次令他崩潰，整個世界跟著崩解。以豪不願再次體會那種如墜煉獄的撕心痛苦。絕不……

以豪走得很快，姚醫生的腳步也跟著急促起來。他聽見緊隨的鞋跟踩地聲，深怕失去的手握得越緊。

返回二樓時，傳來其他孩子的痛苦慘叫，縱使混亂交雜，以豪還是能辨認各自的聲音，但他狠心不作停留，拉著姚醫生趕往一樓出口。

這裡不能再待。

以豪張望四周，確定門外無人後立即攙著姚醫生逃出。他判定傑克會是從電梯那側上樓，這代表極有可能是從停車場入侵。一樓入口還未遭到破壞更證實他的猜測。現在返回停車場開車逃離極為不智，有相當大的機率撞見其他的傑克會成員。

夜晚的內湖截然不同，白晝的行人死絕般消失殆盡。以豪與姚醫生在無人街頭奔跑，直到驚見另外的埋伏。

那是個穿著男裝的高䠷女人，還叼著煙，明顯不懷好意——是傑克會的凱莉。那挑釁的視線直盯兩人，無聲宣示她正是專程在此等待落網的獵物。

「心機真重。」姚醫生語氣輕鬆地稱讚，沒把這樣的險境放在眼裡。

這正是以豪最擔心姚醫生的地方，不甘平淡的她總是主動接近各種危險。他深怕有一天她玩火自焚，從最初刻意接觸傑克會，到後來故意設計十年，以及扭曲重塑培雅……

當然，另外還有很多很多。姚醫生永遠無法滿足，總在尋求更多、更多……

「往這邊。」以豪握緊姚醫生的手，直接往凱莉的反方向避開。

不慌不忙的凱莉維持穩定的速度尾隨，像條陰魂不散的獵豹。以豪知道她必定是在等待時機。

不遠處，一臺計程車經過。以豪看見了，以為這是能快速讓姚醫生脫離現場的好方法，但敏銳的直覺令他打消念頭，開始提防這臺忽然出現的計程車。

這種時間、這種地點、這樣的巧合，不對勁！心慌的他將姚醫生的手牢牢抓在自己掌心。

偏偏計程車驗證以豪的直覺，忽然掉頭衝上人行道，直接加速撞來。

以豪情急之下果斷推開姚醫生，隨後整個人被車撞倒，短暫喪失意識又被霸道的疼痛拉回思考。癱在眩目車燈前的他差點被照瞎雙眼，舉臂掙扎擋光，隱約看見車門推開。

一個高大的外國男人迅速鑽出車外，是傑克會的鷹勾鼻。高挺的鼻樑讓稜角分明的臉孔更顯凶惡。他像貪狼般撲向姚醫生，粗壯如石的手掌制住姚醫生的雙臂。

看似被制伏的姚醫生抬腳一踏，高跟鞋鞋跟重重刺在鷹勾鼻的腳掌上，痛得他吼出聲。憤怒的鷹勾鼻手臂發力，將姚醫生沙包般用力甩出。

倒地的姚醫生借力滾開。看準的她順勢拾起以豪脫手的錐子，然後慢慢站起。即使形勢險惡，她仍然是那樣優雅，不見畏懼。彷彿面對的不過是一場社交酒會。

手持柴刀的計程車司機跟著下車，與鷹勾鼻雙雙逼近姚醫生，急得以豪大吼：「不准靠近她！」

姚醫生遙望著他，露出一抹淺笑，反手從身後掏出針筒。內裡注滿的透明色液體清澈如水，卻擁有致命的毒性。錐子與針筒分持在手的姚醫生昂起頭，迎戰面前的傑克會凶徒。

忽然，她又一次望向以豪，用無聲的唇語說話。

以豪讀懂了，這麼多年陪伴在側，當然明白姚醫生的意思。

「可憐……姚醫生……不要……」強忍骨折帶來的疼痛，以豪狼狽爬起。

凱莉冷不防逼近，一個掃腿逼得負傷的以豪倒回地上。他臉挨在冰冷的人行道磚上，擦出紅痕。以豪用手肘撐地，耐住柏油路帶來的粗糙疼痛，姚醫生與傑克會纏鬥的聲音逼得他不顧一切，試圖再次起身。

凱莉懶洋洋又幸災樂禍的聲音傳來：「幹嘛這麼拚命？躺著看戲不是很好嗎？」

「滾開！」以豪咆哮，隨手亂揮，像要驅趕惱人的蒼蠅。凱莉靈活後躍，雙手插進軍裝外套口袋，吹起輕佻的口哨。

當以豪總算爬起，卻目睹姚醫生被扔進計程車後座。

他想要阻止這一切，可是計程車猛然倒退，在路面畫出黑色的胎痕後揚長而去。發出紅光的車尾燈像一雙血紅大眼，消失在馬路盡頭。

以豪心痛咆哮，按住斷折的肋骨忍痛，一跛一拐追去。

旁觀的凱莉吹響口哨，沒有繼續對以豪出手。她露出冷血的微笑，往姚醫生的診所而去——畢竟那裡正熱鬧呢。

十七、殺他殺他殺他殺他殺他殺他

「瘋子……一群瘋子，這些人是不是比我們還瘋？」那名略胖的傑克會坐倒在地，背靠的牆順勢滑下大片血跡。

他的衣衫被血染溼，胸部露開一道糊爛的裂口，此時不停滲血。存活的可能性是零，他明白。腳邊還倒臥一具屍體跟沾血的消防斧。

這個略胖的傑克會額頭冒滿油膩的汗粒，肥厚的眼皮半垂，焦距逐漸渙散的眼珠子緩緩橫移，掃過歪斜倒地的數具死屍，全是留守大樓的少年。原本乾淨的會客室外廊已如屠宰場一隅，布滿慘烈而骯髒的血汙。

與這些被注射毒品變得亢奮瘋狂的少年廝殺，傑克會難免有所折損。不過他們畢竟是殺人的專家，舔食鮮血更是天性。少年們終究難逃被屠戮殆盡的下場。

一換五，這種交換當然是傑克會獲利。

蹲下的活屍背對著他，手不停歇地揮落鋸齒刀。一次又一次。爛糊糊的剁肉聲隨著刀鋒揚起，細碎的肉末隨之飛濺。

真是天籟，這個略胖的傑克會心想。滿足地閉上眼睛，逐漸失去呼吸。

至於另一名同行的傑克會拿起瑞士刀，依序將屍體翻面，割開喉嚨確認無人倖存。除去被活屍砍得面目全非的那具，其他的屍體都被劃開頸部。鮮血幾乎淹沒白色的大理石地板。

「喂，那個人不在這裡面，要去找出來吧？」他問，隨意把手抹在牆上，留下暈開的血手印。

埋首切肉的活屍根本沒有搭理，只聽得癲狂亂語與嘶啞的笑聲。

既然無人回應，這名傑克會也懶得再問，反正本來就不是紀律嚴明的組織，沒有必要特別要聽誰發號施令。這些人之所以聚集在此，不過是為了享受不一樣的獵殺樂趣。

他隨手拾起消防斧掂了掂重量，很紮實，還算稱手。然後獨自步向走廊一端，經過轉角之後便是樓梯間。他按著扶手，探身查看樓層之間的縫隙。

豎耳傾聽，除了自己略微沉重的鼻息之外，聽不見其他聲音。

該往上往下？他想，短暫猶豫之後選擇往上。現在要找出還躲藏在大樓的倖存活口。尤其是那個少年，這才是主要目的。

他拾階走上，發現三樓的入口緊閉，甚至設有密碼鎖。那扇厚重的門是以鋼類的材質打造。他望著手中的消防斧，想著該試圖劈開，或是……

在他猶豫的時候，門後傳出細微的聲響，聽起來要死不活，對方像是拖著腳步行走。他無聲冷笑，悄悄埋伏在門邊。

「嗶。」門發出密碼正確的機械聲響，隨後打開一道隙縫。他迫不及待拉開門，像拆封禮物般興奮。

太走運了！他驚喜發現是個落單的少女。蒼白的膚色掩飾不住姣好的面孔。冷豔的氣質裡藏著些許稚氣，令他越加興奮，興起一股勃然獸慾，想徹底折磨這個女孩。

警鈴停了。

培雅的處境卻是一百萬分的危險，只能選擇逃。雖然她同有瘋狂的潛質，但沒蠢到直接與手扛消防斧的成年男性正面對決。

她返身要奔向房間，但虛弱的身體不聽使喚，雙腿失憶似地忘記如何奔跑。

就在她伸手握住房門的門把時，後領突然一緊。視線跟著劇烈搖晃，定焦處從門把硬是轉向天花板。半邊身體的疼痛讓她發現自己被硬摔在地。

著地的右半肩膀疼痛不已，她忍住痛楚，掙扎著想爬走。腳踝卻突然一緊，整個人面朝地被拖行進房。慌亂中她把手伸進外套內袋，取出預先裝填藥劑的針筒。

培雅雙手縮在胸前，其中一手緊握針筒，就等機會要直接偷襲。

轟！一股勁風伴隨沉悶的重響撞上她的臉頰，砸落的消防斧鑿進地板，堪堪砍在臉旁，差幾釐米便會砍斷耳朵。

這是看破她的意圖所給予的警告。

「把你藏的東西丟掉，轉過來。」逮住她的傑克會命令。這人見識過太多臨死前的掙扎，知道受害者各種無用的小把戲。

培雅沒有動作。

落在她臉頰旁的斧頭被舉起，然後再次砸下。這次砍斷培雅部份的頭髮。她睜著眼，忍住不出聲，慢慢、慢慢丟掉針筒。

「轉過來。」成員再次下令。

培雅深吸一口氣，咬著唇，被迫屈辱轉身。裸體般的難堪令她雙手死死護在胸前。她盯著眼前這名傑克會，一如過去面對那些群起欺凌她的同學。

「脫掉外套。」成員俯瞰她，語氣跋扈囂張，彷彿是主人在對奴隸下令。

培雅不從。傑克會再舉起斧頭，砍去另外半邊披散的髮絲。一頭長髮就這麼變成殘缺不齊的短髮。

「脫掉外套，衣服也全脫了。不然我先砍死你，再姦屍。」這個色慾衝腦的傑克會解開皮帶，打算等培雅全裸後用皮帶綁住她的雙手。

培雅忽然想哭，拚命忍住不肯讓眼淚掙脫。不是因為害怕而想流淚，而是這種情景不就跟被鬼妹一夥人強拖進泳池、然後扒衣一樣嗎？

到了最後，原來她的處境還是沒變，還是落得被人欺凌的下場。可是當初至少還有傳翰。

日以繼夜糾纏她的幻聽終於逮到機會，用著最惡毒的口吻在耳邊低語：傳翰不要你了。他不要你了。

「傳翰不要我了、他不要我了……」培雅著魔般複誦。她說著，幽幽地傾訴，向著對她視而不見、如今化身成獅子的最熟悉的大騙子說著。

可是只有眼前這個不相關的傑克會聽見。他一臉莫名其妙，下了決定，於是高舉消防斧。

死了，也好。幻聽在說話。培雅亦同意，乾脆以此了卻所有痛苦。決定領死的她閉起雙眼，滾燙的淚珠隨著滑落。

斧頭沒有落下，卻冒出傑克會的慘呼。

培雅愕然睜眼，脫手的消防斧正往臉上墜落。磨損的斧鋒清晰無比，在視野中逐漸放大。

果然還是躲不過。在這瞬間培雅心想。

一個人影飛快近身，精準接住斧頭。

培雅眼珠向上一抬，愕然睜大。

是他！

是當初謀殺父親的那個人！

十年暗自鬆了一口氣，沒想到養傷時無聊練就的玩意這麼有效。如果練得更準，下次或許直接瞄準脖子？至少省去還要了結對方的力氣。

他反轉消防斧，雙手牢牢握住。負傷的傑克會捂著腹部，指間的縫隙露出手術刀刀柄。

這名傑克會已成困獸，痛吼著拔出手術刀欲作最後一博。十年動作更快，直接一斧將之砍倒。傑克會應聲倒在床上，泉湧的鮮血染溼床單。

「抱歉把床弄髒。」十年取回溼紅的手術刀，當然是不免皺眉，立刻掏出隨身的消毒酒精擦拭乾淨，才放心收妥。

「你為什麼……在這裡？」培雅狼狽起身，雙手各抓一劑針筒。「為什麼……殺了我爸？」

「我必須殺他。」十年沒有額外的解釋。

「我也必須殺你。」培雅逼近。

若不是這個人的關係，培雅原本的家庭不會破碎，她跟弟弟不必被拆散寄居在親戚家，更不必轉學、不會碰到鬼妹……還有，也不會遇見傳翰。

這個少年令她的命運起了翻天覆地的變化，宛如災星。無從宣洩的恨意驅使培雅復仇，火焚似的憤怒油然而起，令原本就虛弱的面容更加煞白。

殺他。殺他。殺他。殺他。殺他。殺他。那聲音在培雅心底嘶喊。

面對亟欲出手的培雅，十年果斷退開，心想以豪的顧慮的確沒錯，這個女孩著實不對勁，幾乎要踏進另一邊的世界，變成與傑克會相似的怪物。

可是，還有得救。她還沒完全淪陷。十年嗅得出兩者仍有不同。

雖然十年避戰，但培雅可不這麼想。她忽視十年俐落幹掉傑克會的身手，憑借恨意衝動行事。也許，其中還包含自暴自棄的成份。

死了就不用再煩惱了，多好，不用再苦苦追著傳翰，追著那將自己當成陌生人看待的大騙子——

多好啊。

十年不慌不忙，逮住培雅短暫的空隙直接衝出。培雅在後窮追不捨。十年穿越走廊後迅速鑽進樓梯間，敏捷地直奔下樓。在身後追趕的腳步聲仍然不止，十年暗自嘆氣。

就在踏向二樓最後一段的階梯時，銳利的切風聲射來，十年機警閃避。一把消防斧砸上樓梯，巨響貫穿整棟樓。

出手的，當然是早先結怨的活屍。

「找、到、你、了⋯⋯」

活屍那雙積著厚重黑眼圈的混濁黃眼，露出狂喜的光。

十八、下一刀還是左腿

狹路相逢的活屍發出陰森怪笑，像隻猥瑣的禿鷹垂著脖子，偏偏那雙帶著厚重黑眼圈的濁黃眼球還是能牢牢盯著十年。他沒忘記先前十年如何令他吃癟，這次誓要全部討回，要用剜下的血肉充當代價。

堵住樓梯間出入口的活屍步步進逼。

隨後追來的培雅見情況有異，停留在兩道階梯之間的平臺。她瞪了十年，又打量活屍，口氣嫌惡地說：「哪來這麼噁心的人？」

這毫不掩飾的發言令活屍惱火，他甩動鋸齒刀，齜牙咧嘴威脅：「等我割掉你臉皮，看看誰才噁心！」

被雙面包夾的十年趁著兩人短暫口角，毫不猶豫地撐住樓梯扶手，俐落借力翻越。腳尖一接觸到下層階梯，隨即朝一樓狂奔。

活屍眼見十年趁隙逃跑，顧不得教訓培雅，馬上撿起消防斧跟著衝下樓。

培雅皺眉，發現自己完全被忽略，跺腳之後跟著追去。

脫出大樓的十年雖然掌握大好機會，卻沒有趁隙逃向空曠的大馬路，反而繞過大樓直奔停車場。

雙手各抓兇器的活屍窮追在後，奔跑的姿勢極度不協調。垂在身側的消防斧更令身體傾斜一邊，看起來隨時都會跌倒。雖然如此，活屍非但沒有摔倒，速度還快得詭異。途中看準十年的後背，奮力擲出消防斧。

旋轉的消防斧劃過半空。早有防備的十年向旁一撲。錯失目標的消防斧砸在柏油路面，失手的活屍搶上前再次拾起。

眼看十年奔進停車場，活屍不免鄙笑，臉孔越加扭曲噁心。繞了一大圈竟然回到原處，這個獵物一定被嚇傻了，連逃跑的路線都這樣愚蠢。

活屍跟著衝進，停車場內只剩停放的幾輛車還有倒地的無頭屍體，卻不見十年。

「出來！」活屍在入口斜坡大喊，搖搖晃晃走下。「躲也沒用！」

他跨過無頭的小茜，鞋子踩住半凝固的黏稠血膏。飛快掃視搜索，赫然聽見鐵捲門降下的聲音。

十年淡漠的聲音傳來：「抓到你了。」

活屍盲亂尋找聲音來處，突見一點銳利的光射來。是反射日光燈的刀尖。要躲開……就在這個念頭浮現的下一秒，尖銳的刺痛狠狠咬進大腿，痛得他亂叫。

活屍驚愕瞪著右腿。刀身完全沒入其中，只露出握柄。這形狀……是手術刀。

十年從陰影中現身，雙手各扣一把手術刀。這是在四樓醫院得到的新玩具，輕巧稱手，殺傷力也足夠。

「下一刀是左腿。我要癱瘓你的行動。」十年宣告。

「來啊！」負傷的活屍怒喊，強拖傷腿踉蹌逼近。他刀指小茜的屍體：「我會砍下你的頭，就像這個女的！再切開你的肚子！」

無視威嚇的十年專注舉臂。揮落。手腕蓄勁一抖帶出刀射的尾勁。

活屍想得天真，試圖要用鋸齒刀打落。但手術刀的軌跡超出預料，他狂暴的揮刀只掃過空氣。忽然劇痛的肩頭令手臂跟著一鬆，消防斧因此脫手。

活屍又驚又怒望向肩膀，手術刀已經插進肉中。還未向十年算帳，左肩右腿已分別負傷。

「上當了。」十年之所以故意透漏要攻擊左腿，就是為了誘騙活屍。沒想到真的很好騙。

十年從容退後。經過反覆的練習，他掌握到能發揮最大殺傷力的距離。他換過拿在左手備用的手術刀，再次宣告：「下一刀還是左腿。」

「誰會相信啊！」驚覺被玩弄的活屍憤怒地咆哮，右腿傷處溢出的鮮血已經流至褲管。

活屍狼狽揮刀，動作出奇地大，那股狠勁看起來能活活宰掉一頭熊似的。可惜完全擦不著十年的邊，十年甚至還有餘裕算腳步。活屍前進兩步，他便再退兩步，抓準距離後閃電出手。

認定十年會再說謊的活屍不顧左腿宣言，還順勢往左邊跳開。原本就瞄準左腿的手術刀因此命中右腳膝蓋。

活屍暴瞪的雙眼噴出眼淚，抱著二度受創的右腿倒地。慘叫之餘不忘痛罵叫囂：「垃圾騙子，殺、我要殺死你！啊啊、啊啊！」

十年讓視線避開唾沫亂噴的活屍臉部，慢條斯理掏出備用的手術刀。接下來就隨便吧，他心想。反正眼前這個現成的肉靶子，隨便扔隨便中。

「你的目的是什麼？」十年扣住手術刀。

「殺死你！」活屍大喊，手按地慢慢爬起。

十年盯準目標，右手甩動，扔擲的手術刀刺進活屍的右手手背。又是慘叫。

「你的目的是什麼？」十年重複同樣的問題。他故意這樣作，試圖讓活屍吐露更多隱瞞未說的情報。

氣急敗壞的活屍忽然拔掉手術刀，往十年扔來。胡亂的扔法沒有殺傷力與精確度可言，十年甚至動也不動，冷眼看手術刀落地。

失手的活屍憤而抓起鋸齒刀亂甩亂砸，像個故障失速的電風扇。直到手術刀射進手臂，中斷他的失控。活屍痛得趴地顫抖。如影隨形的鋸齒刀卻還死抓在手中不放。

「你們有多少人？」十年問。

活屍抬起頭，半開的嘴巴流淌著口水還有血絲。露出滿口黃牙的他低聲怪笑，發出乾乾的笑聲：「多到可以永遠追殺你！你殺也殺不完！」

「是喔？」十年又是一刀，活屍終於鬆開雙手，再無握物的可能。十年走近，一腳踢走鋸齒刀。

「你他媽！」活屍艱困伸手，卻遠遠搆不到。「我一定會殺了你，我要剖開你！我要……」

十年蹲下、起身，轉眼割開活屍的喉嚨。

鮮血如失控的水龍頭泉灑，以活屍為中心蔓延開。活屍的嘴唇逐漸發白，只能死瞪十年，瞪著這個想殺卻殺不到的獵物。曾經他以為這次一定能弄死十年，解決這個傑克會的頭痛人物。

為什麼現在倒地失血的卻是自己？

心懷不甘的活屍想要咆哮，可是說不出話，只能看著十年離開，然後連轉動眼珠的力氣也沒有了。活屍的指頭浸著自己的血，那是最後感受到的溫度。

鐵捲門升起，十年為求保險起見，所以刀不離手。

外頭一個人也沒有，既不見培雅也沒有傑克會。他循原路返回大樓入口，雖然棘手，但不能丟下培雅不管。先前他果斷跑走的目的是引開活屍，幸好這個傑克會也夠笨，完全按照計算在行動。

當十年逐路檢查，終於進入二樓會客室外的走廊時，地獄似的慘烈景象令他嚴肅地扳起臉孔。六具屍體，一顆頭顱，天花板也有噴灑的血跡。

十年一一審視屍體。只有一名是傑克會成員，餘下三人應該是以豪提及過的預備人手，其中一兩張臉孔十年有印象，過去在「琴鍵」時曾經看過，也包括那顆女孩頭顱。

十年進入會客室，內部的家具跟裝潢完好無缺，走廊的慘鬥沒有擴及到這裡。他再往內走入，諮商室依然不見任何人影，以豪跟姚醫生不見了。十年拿起室內電話，撥打分機號碼至四樓。

「安全了。」十年通知的是密醫及其助手。

他拉開窗葉查看外面的動靜，發現大樓內外根本是兩個世界，外面還或許要和平多了。才怪。十年當然沒有傻得產生這樣的錯覺，無論內外都沒有差別，危險不分範圍。

他一一清點餘下手術刀的數量後妥善收好，手插褲袋握住藏起的小刀，然後離開大樓。

十年本來認定培雅會在大樓內或附近徘徊，試圖要抓住或實際動手殺他。可是這個女孩跟姚醫生還有以豪一樣，都不見了。

或許是為避開傑克會而先行離開？他猜測，但沒有答案。就像要怎麼解決與培雅之間的恩怨一樣沒有頭緒。

當然，殺人償命這個選項從一開始就不在十年的考慮範圍，他從來不為殺害傑克會感到懊悔。成員有親人朋友，受害者也有。十年不能因為這種原因就縛。

出於歉疚，他不會對培雅刀刃相向——除非逼不得已。也不打算透漏培雅父親即是傑克會的事實。

說到底，十年在這部份處於被動的一方，端看培雅如何先手才能應對。

十年現在真的很希望，最好不要再碰見培雅了。

××××

時間回到稍早之前。

培雅終於追到停車場時，鐵捲門已經完全降下。胸口劇烈疼痛的她不停喘氣，恨乏之力的雙腿，更恨虛弱的自己。只能掉頭返回華廈，改從其他通道進入停車場。

她不會就這樣算了，那個人必須付出代價。

培雅發現內心有股久積的憎恨，這種感受很複雜，來自過去經歷的總和。是以憎恨為主體，另外再夾雜數種負面情感所構成。

她排解不掉。

無論是對鬼妹等人的恨、對師長還有親戚的憤怒、因為喪父被眾人指指點點的羞恥、痛下殺手時的掙扎與事後的不安、或是渴望見面卻遭到傳翰漠視的悲傷……這些交雜之後，變成一種巨大又極具傷害力的情緒，翻湧如火，刺骨如冰。

培雅順著這股情緒越走越極端，導致失序，讓她離往昔日的面貌越來越遠。

現在這股情緒又在作亂，她覺得必須作些什麼、一定要作些什麼……

拖著疲憊又虛弱的步伐，她慢慢回到大樓入口——那裡有人。

她發現那張陌生臉孔是個作男性打扮的女人，嘴裡叼著煙。除此之外，還投以饒有興味的眼神，好像把培雅當成動物園供人觀賞的鸚鵡似的。

培雅不悅地皺眉，有股莫名的厭惡感，直接將手探進內袋，心想乾脆為這女人打針吧。

女人發現培雅有動作，微微揚起右邊眉毛。

「你啊，該不會是要給我驚喜吧？」

凱莉問完，笑了。

十九、凋泥

月下小屋，曇花與獅子。

「我該怎麼辦才好？不知道多久時間關在這裡，出不去，再這樣不行，我可以躲一輩子，可是在這裡只會慢慢、慢慢腐朽，你看過花凋謝落在泥土的樣子嗎？不管原本有多鮮豔最後都會跟泥土同化，如果一直困在這裡，最後也會落得那樣的下場，我想要出去，正好在那時候你來了。這是一個……一個訊息不是嗎？我需要練習才能離開。」

曇花說得很急，像小學生被老師要求默背九九乘法表，深怕一個不小心就會忘記想說的話。

隨著與寡言的收購商越來越熟悉，曇花更能好好說話。在這之前她總是說得生澀。在幾乎不停歇地說完後，她喘氣，手按著微微起伏的胸脯。

黑色洋裝的領口正好露出雪白的鎖骨。曇花很瘦，不是形如枯骨的消瘦，而是一種脆弱的、好像花莖般不堪一折的纖瘦。

她看看沉默的獅子，然後垂下眼睛，伸手撥弄未開的花苞。兩人待在木屋的圍牆之內。茂盛的花叢沿著圍牆環繞整個小屋，都是獅子叫不出名字的品種。他僅能辨認模樣不同，但看得出曇花在照養它們時花費不少心力。

「你……會不會覺得我很礙事？」曇花小心翼翼地問。

獅子搖頭。

「我很少跟人說話，沒有對象。不是沒人願意跟我說話，是我害怕。」曇花露出怯懦的笑容。嘴角微微彎向兩邊，那是刻意而不自然的微笑。如她所說，還在練習。

曇花很怕人。

從不知道哪一天開始，她便對人產生莫名的恐懼。面對人群她會害怕，身體像被詛咒般無法克制地僵直，呼吸會加快。更無法正視別人的視線，彷彿其他人的瞳孔裡藏著會傷害她的東西。

她反射性迴避，拒絕與之接觸。

一開始，她避開鬧區不願上街。因為即使躲在車裡，看見行人走過都會感到無法負荷的恐慌。那裡有太多人，太多的聲音。

聲音。她連聽見人的交談都會頭皮發麻，好像有密密麻麻的蟲子爬著，牠們鑽進耳中，穿破耳膜直搗腦袋，囓咬大腦皮質，留下殘破不齊的缺口。

即使她捂耳拒絕外界的聲音，仍無法趕走那些蟲子。那時她坐在教室聽老師講課，身旁同學的細碎私語不曾停止。她強迫自己忍耐，盯著課本、只要看著白紙上的印刷字就好。

可是沒辦法，真的不能忍受。原來淚水落在課本上會有聲音。她努力睜開眼睛，眼淚在紙頁暈開，浸溼的輪廓形似被火灼燒，就如她被莫名的折磨之火焚身。肉體沒有疼痛，可是靈魂痛苦得像要被消滅。

最後她連學校也無法去，只能蝸居在家。年邁的父親請遍名醫，但她連面對醫生都辦不到。醫生提問時聲帶發出的震動亦帶來恐懼。記不得醫生的臉，卻忘不了針對病人特有的審查眼神彷彿要刺穿她，像製作標本拿針穿釘四肢，要將她活活困死。

她跌跌撞撞地起身，用幾乎要跌倒的身子撞開門，門的巨響代替了無法發出的叫喊。

她奔跑著穿越通向寢室的長廊，途中腳尖踩歪因此扭傷腳踝，但她忽略疼痛，只顧著跑，像要逃離噬人的洶湧洪水。

這是她第一次恨自己的家如此寬闊。

她反鎖房門後跳進床，用被子牢牢裹住全身，連呼吸的隙縫都不留。父親敲門。她無法回應，感覺到肌膚滲出汗，從毛細孔散發的熱氣緩緩在被窩內膨脹。單薄的衣衫漸溼，汗水摩擦著皮膚，有股不舒服的溼滑。她忍耐，她不要到外面去……

最後父親留下嘆息離去。曇花還是沒有離開自我構築的牢。

這些都是歷經幾個夜晚，曇花斷斷續續說完的故事。獅子很有耐心，他聽著，陪曇花練習，陪她回憶過去。

「可不可以問你一個問題？」曇花試探地問，沒碰著花叢的手指絞在一塊，就像要令指節窒息似的。

她現在很想要逃走，不是因為獅子看起來陰沉可怕，她知道的，獅子是好人，只有好人才會這樣好心陪著她。可是曇花就是會怕。

「嗯。」獅子的回答總是簡短。

「你為什麼被送到這裡？」曇花的臉泛紅，這是緊張時的常見反應。在稍微停頓後，她選擇用詞繼續說：「你看起來……很正常。」

「我失憶。什麼都不記得。」

「他們沒治療你？來到這裡的人不是為了被治療嗎？」曇花不明白，這跟她所知的事實不同。

「我不需要治療，這樣就好。」

「怎麼可以？你一定不像我治不好……」曇花不能明白，好像獅子奢侈地浪費了什麼。

在發現自己用力地注視獅子後，曇花很快別開眼睛，轉而緊盯葉片的脈紋，好像其中藏有什麼重大祕密。但她不為挖掘祕密，只想避開與人的視線接觸，哪怕是信任的獅子也不例外。

曇花覺得雙腳開始發麻了，一定是強迫自己站好不逃的緣故，僵硬的肌肉以難忍的顫抖發出無聲抗議。即使如此，她還是深深吸氣，壓抑住恐懼。

練習，都是為了練習。

獅子不免疑惑，曇花的認知與他身處的大工廠有落差。他問：「你也是收購商？」

「不是……我不是。來到這裡的人不是一邊接受治療一邊工作，這樣回到社會才不會脫軌，可以有謀生的技能嗎？所以才讓他們當收購商。」

獅子再問：「你接觸過其他收購商？」

「一開始的時候。沒多久我又逃了。那時，來這裡的人沒這麼多，煙囪不會冒煙。你們在燒什麼？」曇花問，「我只能躲在遠遠的地方看，不敢靠近。人太多了……」

「廢棄物罷了。」獅子心裡有底，曇花認識的大工廠應是初期階段，不是現在的。這樣說來，曇花或許從大工廠設立的時候就待在這裡了。這些年都自我封閉在深山之中。

「你不找回來嗎？」曇花小心翼翼地問，怕惹得獅子厭煩。

「找什麼？」

「記憶……之類的。」曇花不是很能肯定用詞，但她真的在乎獅子。

「不用。」獅子不是沒有考慮過，但認為沒必要。

「為什麼？不知道自己是誰不是很可怕嗎？」

「可能知道自己是誰之後，那才更可怕。我以前大概是個爛人，才會落到現在這個下場。雖然記不起發生什麼，但我有種感覺，好像辜負了什麼。」獅子說。一直以來他都被揮不之去的歉疚與罪惡感困擾，日夜加重，令他越是否定過往的自己。

曇花認真為獅子平反：「你不會是那種人，不會。」

「你怎麼知道我不是？」獅子反問。

「你不會的。」即使沒有根據，曇花仍然堅持看法。那是發自內心的信任。

獅子不自在地看往別處。

她怎麼可以這樣肯定？也許我是個無藥可救的混帳，最混帳的那一面剛好跟記憶一樣都被剝奪了，她看到的才會是現在的我。獅子心想。

雖然遺忘過去，但獅子甦醒後的記憶形成可沒受到阻礙。他記得那名代號「蛇胎」的委託人如何處心積慮製造見面的機會。他記得蛇胎跪倒時無助的樣子，那是失憶以來最清晰的景象，總在不經意的時候反覆浮現。

他應該要認識她？他應該是……傳翰？

「我遇到一個人，她認識我。」獅子說完便懊悔了，不該突然坦白。

曇花睜大眼睛，訝異又驚喜地問：「真的嗎？那你想起來了嗎？」

「沒有。我覺得也不必。」獅子認為該就此打住了。他不該透漏太多，也不能想這些。

「可是人家認得你，一定很擔心。你失蹤這麼久，人家說不定一直在找你！」

她是在找我沒錯。獅子心想，我沒忘記她後來崩潰得想殺了我。我最好離她遠一點，因為過去的我絕對是個爛貨。

「我得走了。」獅子單方面結束談話。他走到圍牆外，拾起為防監聽暫時丟棄的制服上衣。

曇花追了出來，心急地問：「你生氣了嗎？對不起……」

「沒有。」獅子沒有回頭，慢慢走遠，被陰森樹影吞噬。他穿越沙沙晃動的長草，拎在手中的制服沾染露珠，留下略深的溼痕。

逃開的獅子回到唯一的棲身處。大工廠的煙囪冒出滾滾濃煙，今夜又有廢棄物被焚燒。

黑色濃煙與夜空有明顯的色差，可是當煙霧散開後，兩者亦失去分界。煙是夜，夜是煙。被火焰熔燒的屍體化作肉眼無法辨別的細小分子，成了夜晚的一部分。

幾輛貨車停置在大工廠前的廣場，與之相連的鐵皮倉庫有燈光。那是收購商的日常之一。獅子的鍛鍊總在與曇花的會面之前結束。現在他只需要駕駛貨車，返回市區待命。

獅子才剛在駕駛座坐穩，隨即發現車外鬼影般冷不防現身的獾。從獾的面部表情實在看不出他在想什麼，或者根本沒想什麼。獾不曾表現情緒，彷彿外在顯露出來的不過是包裹內容物的人皮，讓獾勉強維持人的外表。

面對佇立不語的獾，獅子緩緩放下車窗。這個動作觸發事件似的，迎來獾突然的提醒：「不要到不該去的地方。」

「我知道。」獅子回答。獾是發現他到木屋去了或是例行提醒？獅子當然傾向前者，並暗想獾也知道木屋的存在。

「制服隨時穿上。」獾又說。

獅子點頭，將擱在副駕駛座的制服套上。頸部有些不自在，藏裝在衣領的監聽器令他不快。但他知道所有的懷疑都該不動聲色，不能被察覺有異，近在大工廠時更該如此。

沒有道別，獾離開貨車，消失在獅子的視線範圍。獅子不禁佩服他能夠這樣神出鬼沒，並提醒自己必須更加謹慎，以免變成裝在箱裡的廢棄物。

煙囪不知何時不再冒煙，今日已經處理完畢。獅子駕駛的貨車離開大工廠。下山。返回看似安定，卻隨時都在製造廢棄物的都市。

二十、我不會丟下你

以豪終於找回姚醫生——在那座落淡水的豪宅。

不敢置信的他呆望敞開的大門，只有佇立門口的份，無法鼓起勇氣踏入。不是因為畏懼可能的埋伏，而是不願面對接下來可能目睹的景象。

姚醫生被劫走時，不顧自身傷勢的以豪拚命想追上那臺計程車，最後卻絕望地丟失行蹤，只能發瘋般尋找。從肉身直到靈魂都被非得尋回姚醫生不可的念頭驅使。四處搜索無果，以豪如具行屍在城市遊蕩，試著賭中那稀微的可能性。慣見的景象忽然變得無比陌生，他失去辨認事物的能力，只能一直跑、一直跑。

最後，回到這裡。回到他與姚醫生兩人長年共處的窩。

晨曦透過落地窗映照入室。以豪望向無數書堆，這些像是沉眠未醒的活物，安靜不帶一點聲響地蜷伏。

那張數度與姚醫生纏綿的沙發上，擱著一本翻開的書。屋裡有熟悉的味道，漂浮著淡淡的姚醫生慣用的香水。

他走向沙發，手指按上攤開的書頁，那裡有姚醫生親手折下的一角。他輕觸著，想像姚醫生指尖的溫度，想像她每次溫柔的愛撫。

亦想起當時姚醫生以唇語訴說的訊息——我不會丟下你。

難忍的眼淚不斷湧出，以豪閉眼，同時蓋上書本。

對，姚醫生不會丟下我。她答應過的。

再次睜眼時，以豪終於展現出某種決意。不再停留，像不再畏縮的臨刑囚犯，大步走向房間。

推開半掩房門，他看見了。在那裡，就在那裡。

姚可麟平躺在雙人床上，身子蓋著黑色的羽絨薄被。她閉著眼睛，安祥得像落入沉睡的美夢。柔軟的長髮壓在身後。以豪記得將手指伸進她髮叢時的觸感，總是滑順的，而且誘人。

他喜歡她在上面的時候，長髮總是順著肩頭垂落，髮絲會搔著他赤裸的胸口。她亦是完全裸露。這樣會癢，有時候他會忍不住笑。她也是。

然後她會移動手臂，將手掌按在他的胸膛作支撐，更加使勁地擺動。他扶著她的腰，那裡沒有一絲贅肉，她的身軀就是如此完美，是神造的禮物。他跟隨她，由她帶領進入她的節奏，一次又一次毫無保留地挺起。

她是他的全部，他亦將全部獻給她。那對掌心逐漸發燙，從微張的唇裡吐出帶有花香的氣息……他喜歡看見她迷濛的眼眸有他的倒影。

但她是不會這樣入睡的。她從來不將頭髮枕在腦後。

以豪緩步走近，彷彿腳拖沉重的枷鎖。

「姚醫生……」他輕喚，尾音無法克制地顫抖。

姚可麟依然是那樣安祥。沒有回應。

以豪跪在床邊，伸手撫摸姚可麟的臉龐。她的臉像夏天的溪水般冰涼。他摟住姚可麟的肩，身子探前，輕吻她發白的唇。

在那股優雅的香氣之中，夾雜著一股若有似無的腥冷味。以豪明白那是什麼。

他離開她的嘴唇，頭抵著她的臉頰，摟緊她的肩。像要將姚可麟納入自己體內般用力的、不顧一切的摟緊。

他蹭著她，不斷搖頭。「不、不、不！」

現在的以豪無助得不知所措，像失去依靠的孩子。靈魂深處發出痛苦的吶喊，他的肉身沒有吼叫，只有不停呼喚她的名：「可麟、可麟……」然後又改口叫著：「姚醫生……」

他掙扎著爬上床，要永遠與姚可麟待在一起。他要抱緊她，就這樣不分開了、不分開了。不會再有陷阱、沒有圈套，沒有人會害她、沒有人可以再奪走她。

誰都不可以奪走他的姚醫生、他的可麟。

可是當以豪掀開黑色的羽絨薄被時，殘酷的畫面終於令他放聲嚎叫。

姚可麟赤裸的身體布滿一道又一道狂亂的拓印，溼黏的血汙有紅有褐有黑，爬滿她的乳房跟大腿。她的雙臂被平放，就像要讓被掏空的腹部成為焦點。

這種過份展露的惡意，讓以豪痛苦抓臉，扯出幾道破皮紅痕。

他不要想像姚可麟是怎麼承受這些的。然後，他終於注意到牆角垃圾桶的異樣，桶蓋沒有完全密合。

以豪拖著毀壞似的軀體，強行逼自己確認。走向垃圾桶的途中，他看見地毯暗藏的細密血跡。

他屏息掀開垃圾桶，幾乎是同時，就這樣應聲跪倒，任憑膝蓋直接撞擊地面，發出結實的碰撞聲。可是他不痛，原來靈魂死去，肉身亦等同消滅。

桶內是成團紅色的黏糊物體，是人類的器官。

以豪抱緊垃圾桶嚎啕痛哭，無法止住的眼淚混入血中。暈開的視線盡是模糊的紅。他多麼奢望這是噩夢，是腦內出錯的妄想。

以豪抹掉眼淚，回頭望向雙人床。他緊咬著牙，無法止住啜泣。用力搥著牆的手掌紅腫瘀血，這點痛楚不足以轉移失去姚可麟的悲傷。

他需要足夠的疼痛，或是……施予某些人足夠的疼痛。

以豪緩慢站起，返回姚可麟的身邊。他露出僵硬的、令人毛骨悚然的詭異微笑。

「姚醫生，我要離開一下。等我，我很快就回來……」

他閉目親吻姚可麟的額頭，再次咧嘴展露違和的表情。

「姚醫生，餐後的甜點你想要搭配什麼？最近我做水果塔很順手，很想讓你嚐嚐。還是要奶酪？我會為你把表面的焦糖烤脆……」

以豪哽咽。眨眼的時候淚水跟著滑落。他粗魯地用手背抹掉，收斂笑容。

「我要用傑克會的心臟來當餐桌的擺飾。這件事你不許反對，就這麼說定了。」

他再次彎身親吻姚可麟，眼中仍含淚。

「我很快回來。」

×　×　×　×　×

又是加班的夜晚。

昏沉的曉君騎著二手機車，飽受摧殘的老舊引擎不斷發出哀鳴。她又何嘗不是身心俱疲，現在唯一的念頭只剩下睡覺。

她好想睡，希望可以像植物紮根在床，永遠不要離開被窩。

可惜為了應付明早的會議，手頭還有幾份文件需要整理，今晚又不知道得折騰到幾點才能睡。睡眠時間被剝奪就算了，更要命的是不到幾個小時又得起床上班，變成一種災難般的無窮輪迴。

她覺得現在的生活已經變成一灘腐臭的死水，飛滿無數噁心的蒼蠅。到底什麼時候才能擺脫這種快逼死人的社畜生活？

如果投胎可以選擇，下輩子她一定要當酵母菌。她查過，酵母菌的壽命不長，應該很快就可以跟這個世界說掰掰。

注意力渙散的曉君才剛轉進小巷，就差點跟來車對撞。她緊急煞車，險些撞上路旁的電線桿。對方是個沒戴安全帽又逆向行駛的屁孩。

「喂你這人怎麼騎車的啊！」曉君氣得大罵。

「凶屁啊，嗆三小啦！」屁孩雖然身材乾瘦，但充滿唯我獨尊的天不怕地不怕勇氣，當然不甘示弱地轉頭回嗆，然後大催油門揚長而去。

曉君氣得牙癢癢，瞪著屁孩的ＢＷＳ車尾燈化成一道急速的紅線。她注意到巷口外的交通號誌是紅燈，但屁孩充分展現捨我其誰的霸氣，義無反顧與愛車ＢＷＳ一起衝上馬路。

尖銳的煞車聲傳來，然後是碰撞的巨響伴隨碎裂物紛落。聽起來像是破碎的車殼。叭叭叭叭叭叭！混亂的喇叭聲也撞成一團。

曉君揚起一抹微笑。雖然屁孩好像有點可憐，但她還是吐吐舌頭：「活該。」因為這段小插曲，曉君的厭世念頭一掃而空。很快地，她便驚覺剛才的想法有多可怕，原來過勞的工作壓力加上睡眠不足，會讓人變得如此消極憤世。

她深深吐出一口氣，然後甩甩頭，試著把這些負面情緒擺脫掉。別想太多，真的受不了就離職吧，命留著比什麼都重要。當然也比看上司臉色重要一億倍。

她重新調整安全帽，放慢速度行進。反正都快到家了，不用特別騎快也行。看開之後，她才發現深夜涼涼的微風很舒服，忍不住想要去買冰啤酒，回家配著工作喝。

反正睡眠的時間一定不夠，不如讓清醒的時間過得爽快。

於是曉君就這樣經過返家的轉角，繼續筆直前進。

迎面一臺黑色休旅車駛來，擋住曉君去路。

「怎麼又一臺逆向的！現在的人開車都顧著自己方便就好嗎？」忿忿不平的曉君按了喇叭。

黑色休旅車聞風不動，沒有要倒車離開的意思，氣得曉君又猛按幾次。

「林曉君？」黑色休旅車的駕駛突然探出頭來。

那是個留著俐落短髮的男人。不對……曉君定睛細看，確認那駕駛其實是女的，因為模樣過於中性，加上夜晚視線不清導致錯認。最令人起疑的是為什麼對方知道她的名字？

曉君相當肯定，自己不認識這個人。

「看來我沒弄錯。」那名駕駛擁有過份的從容，擺明別有用意，引線般燃起曉君不祥的預感。

曉君想起十年的警告，隨即催動油門往反方向逃亡。

逆向的她逃沒多遠，巷口另外又有小客車駛入，就這麼堵死去路。搶快的曉君不得不緊急煞車，差點一頭撞上擋風玻璃。小客車的駕駛搖下車窗，憤怒的叫罵挾著連按不停的喇叭。

曉君倉皇回頭，那臺不善的黑色休旅車順勢堵住另一端的去路，將她前後包夾在巷中。

她稍一猶豫，立刻棄車逃跑。

「小姐，你的車！移開啊！」小客車駕駛瞠目怒喊。

曉君顧不得對方的咆哮，慌張擠過巷內亂停的機車與小客車之間僅有的縫隙，往大馬路跑去。

這些人找上門了！那麼十年呢，他現在怎麼樣？曉君忍不住掛心，卻連拿手機確認的餘裕都沒有。因為黑色休旅車的駕駛已經下車——是傑克會的凱莉。

凱莉擁有媲美模特兒的長腿，矯捷更勝笨拙的曉君。她輕易地踩跳鄰近的機車座墊，就這麼一跳一跨逼近曉君身後。

「Mother fucker.」副駕駛座的鷹勾鼻接手休旅車，這個面目不善的外國白人朝著對面的小客車豎起中指。鷹勾鼻用力一踏，迅速倒車，留下看傻的小客車駕駛。

跑出巷口沒多遠的曉君突然遭受重撲，被凱莉擒抱倒地，雙肘連帶擦破流血。凱莉的動作極快，轉眼間便將曉君的雙臂反扣在後，還將她的頭強壓在地，緊貼滿是泥屑的柏油路。

「最好不要反抗，會受傷的。我不是很會拿捏，通常是直接折斷手。」凱莉提醒之餘，手上的力道又加大幾分。曉君的雙臂緊繃疼痛，有股劇烈的壓迫感。

「十年呢……他怎麼樣了？」曉君忍痛問著。

「你在問陳奕迅的歌？」凱莉故意裝傻，然後發出輕鬆的笑聲。「我知道你在說誰。沒事，至少目前為止還沒事。不要擔心他，要先考慮自己的安危。」凱莉的手掌故意左右轉動，害曉君的臉頰摩擦柏油路面，又增添幾道新傷。

「綁架我也沒用，我跟十年沒有交情。拿我要脅他沒用。」曉君慌張嚷著。為什麼……又遇上這種事？她無語，恨自己拖累十年。

凱莉失笑：「你現在撇清來不及了。」

在凱莉取笑之間，黑色休旅車在路肩停下，拎著鐵鍊與手銬的鷹勾鼻下車。

當鷹勾鼻粗暴地把捆綁後的曉君拖進後座時，凱莉順手點煙，在一邊悠閒旁觀，還能調侃自己——

「我好像快變成綁架的行家了。」

二十一、J提出邀約

十年沒有尋找落腳之地，只是如徘徊城市的亡魂，避開街燈，穿越一個又一個陰暗的轉角，到處遊蕩。

備用的窩還有剩，但一個都不能動用。這些居所都是從傑克會那邊奪來的，有居住的時效性，也可能被循線追蹤到。

傑克會這次的行動超出十年的想像。就過去的認知來說，成員應該是獨自行動居多，除了固定上傳虐殺影片互相交流之外，彼此少有聯繫，說是沒有往來也不為過。偏偏這次具備相當程度的組織性，就像狩獵的狼群。可怕的野獸往往能讓獵人吃癟。傑克會真的跟過去不同了。

十年自認能夠生還離開是相當幸運的事，遇上活屍也是幸運的一環。雖然凶狠，可是活屍與聰明或狡猾都沾不上邊，只是單純憑藉某種衝動在行事，那顆腦袋大概與裝飾品無異，若非如此怎會輕易落入圈套。

泛白的天空透出微光。消磨了大半夜晚，十年走過日夜交替。電線桿上的麻雀開始啾啾叫著。

十年就近覓了處公園休息。佔地不廣的綠意空間隨處可見晨起運動的老人，十年屏棄白漆剝落的長椅，在可以監控出入口的位置席地坐下。雖然肉體休息，腦袋卻沒有停止運作。他不斷、不斷思索傑克會接下來可能採取的行動。

既然不計傷亡入侵姚醫生的地盤，代表傑克會在逮到自己之前不可能善罷甘休。姚醫生跟以豪的去向也令人在意，但說穿不過是兩種結果：一是落入傑克會手中，那等於死；二是平安離開現場。

十年認為後者的可能性更高，他見識過姚醫生的心計，這女人不會輕易被殺的。至於傑克會，他們說不定會把目標轉移到其他人身上，比如曉君。十年不免憂心，像曉君這種再平凡又正常不過的人，遇上傑克會只能束手就擒。他們很可能利用曉君來要脅自己出面。

雖然已經提醒曉君要時刻注意，但事態演變至此，如果傑克會真要出手，即使她留意到了恐怕也是凶多吉少。

總之要確認她的狀況。十年撥號，在漫長的響鈴之後，入耳的人聲卻非他所預期。不是被吵醒的曉君摻著睡意的抗議，而是一個陌生的男性。

那男人的聲音雖然沒有發出笑聲，隔著手機的十年仍可以感受到那充分又露骨的得逞笑意。

「幸會，十年先生。你有個特別的名字。當然，不必介紹你也知道我是誰吧？我不知道你是基於什麼原因對我們痛下殺手，幸好今天有很多時間可以好好釐清這個問題。非常遺憾，你的女伴在我手上。你心裡應該也有底。」

對方停頓，「還在聽嗎？或是你不在乎這個女人的安危？」

十年應聲。

「我知道你不會隨便掛掉電話的。剛才說到哪邊了？當然，我們必須見面，這次你總該沒辦法逃了。」對方再次停頓，十年似乎聽到無聲的冷笑。

「讓我看看。現在時間還早，跟你約十點整吧，多一分或少一秒都不行，我要你準時出現。不需要我多說，你只能獨自赴約。你不是那種會蠢到報警的人吧？你明白的，像我們這種人，對，我說的是我們，包括你。我們這種人就像深海的棲息物，不會浮上水面的。永遠不能。」

「地點？」十年問。

「Whitechapel，」對方回答，「不是倫敦東區的白教堂，不必千里迢迢跑到那裡去。這地方很近，你知道怎麼搭捷運吧？在民權西路站附近。我會準備好調酒跟花生米，我們可以慢慢聊。剩下的當面說吧。記得，十點整。」

對方掛斷。

十年馬上發出另一個通話，對象是大衛杜夫。

「竟然是這種時間。」大衛杜夫的聲音依舊爽朗有力，本來十年擔心他會因為睡眠而漏掉電話，但這證明十年多心了。「幸好我還沒睡，說吧，這是你第一次在大清早打給我。遇上麻煩了？」

「我知道對方的根據地了。Whitechapel。能查出這間店主人的情報嗎？」電話另一頭傳來清脆的彈指聲。「真有你的，你考不考慮繼承我的事業，當個情報商？雖然沒提過，但我從不懷疑你的天份。」

「是對方找上門。我什麼都查不到。」

「真是急躁。」大衛杜夫口氣像遇到小孩耍賴似的。

「十點之前我必須得到情報。」十年要求。

十年不認為能夠單槍匹馬獨自殲滅現場的傑克會成員，暗殺才是他的強項。對方必定擁有人數的優勢。唯有掌握越多資訊才越有反擊的可能。

「有點急迫。」大衛杜夫習慣性彈響手指，「不過你放心，我會弄到所有情報。難得有個可以與我匹敵的同業。我也很想看看，這個行家到底是什麼來歷？等我聯絡。」

基於莫名的默契，兩人在同樣的時間點掛斷電話。

十年細數目前可以動用的武器，除去慣用的兩柄小刀，就剩數把新入手的手術刀。沒了。正如他常與孤獨相伴，最後關頭留在身邊的也只有這少少的幾樣。

他不覺得悲哀，只有遺憾。如果真的命喪傑克會手中，悲願便無法達成。復仇未果，不能死，也不能坐視曉君身陷險境，是他將她牽扯進來。

他對她，有責任。

十年想起兩人共用晚餐的情景，那是陌生得無法言喻的感覺，可是又有些熟悉。暖暖的，暖得令他不自在，又覺得這樣也不賴。那是註定與他無緣的、無法享有的。是了，難怪有些熟悉。當初與小姊姊窩在廢屋，就著老桌子吃零食，不也是這樣嗎？

原來噩夢會一再重現，地獄自有輪迴。他現在就站在噩夢的邊緣，再一步就會成真。他失去小姐姐，是否也會失去曉君？

來了，終於迎來這一天。

×××××

折損幾名志同道合熱愛開膛的成員後，Mr. J01終於可以開心宣布，那個膽敢阻撓傑克會的少年在今日，當然，就是今日，終將迎來死期。

不過，Mr. J01馬上察覺這個說法有誤。不一定是今天，這取決於少年是痛苦地苟延殘喘或順利斷氣。

Mr. J01與其他成員擁有共同的默契，絕不會讓這個少年死得太輕鬆。他們是開膛的行家更是將人凌遲至死的高手，這都是毋須教導、不必參閱書本，而是發自內心如動物本能自然產生的手段。

基因的序列決定外貌跟肉體素質，但Mr. J01深信，某種形而上的因素註定了他們這種人。這個世界多得是粗糙又不入流的模仿犯，在開膛手之後，所有的兇殺僅只是單純製造死亡，唯有傑克締造傳奇。這個殺人魔成為精神指標，一種崇高並遙不可及的象徵。

傑克會彷彿追溯自身靈魂的起源，在這樣血淋淋的、野蠻的虐殺之中（Mr. J01無法否認，將雙手弄得黏糊糊又沾滿鮮血的確很粗魯），成員得以確認自己是誰，正如思索千百年來不斷困擾眾生的難題——我是誰？

在開膛這個近乎儀式的舉動之中，傑克會確定自身在世界所屬的位置，讓懸浮的靈魂得以被安置。甚至，昇華。

現在，Mr. J01待在專屬他的王國，熟悉的吧檯是身體的延伸，所有的動靜都瞞不了他。

因此當鷹勾鼻挖過鼻孔，打算把手抹在吧檯邊緣時，Mr. J01幾乎是在同一時間望向他，責難的眼神帶有濃重的警告意味。

「這裡有提供面紙，你不必詢問就可以使用。」Mr. J01像教導幼稚園孩童正確禮儀的導師，諄諄提醒。

鷹勾鼻搔搔頭，打算亂抹鼻屎的手改伸向遞來的成包面紙。

「很好。」Mr. J01滿意點頭。他看向酒吧門口，外頭的鐵捲門如營業時升起。但現在是早上，一般人可不會在這種時間上酒吧。不過他們本來就不是一般人了。

「We are Jack.」Mr. J01默念，這令他倍感光榮。

睡醒的凱莉抬起頭，撥順被壓扁的瀏海。她發出倦意的嘆息：「要不是我記得自己沒喝，我會以為是宿醉。」

她遲緩彎腰，拾起因為坐直而滑落在地的連帽外套，伸手拍了拍。

「這間酒吧很乾淨。」Mr. J01善意提醒，意指不必擔心衣服沾染地板的灰塵，因為灰塵不存在。除去貫徹一個成員應有的開膛美德之外，他餘下的心力全部投注在這間酒吧。

「習慣動作，別在意。」凱莉解釋，靠牆翹起二郎腿，腳穿的長靴輕晃。「我睡著的時候多了新客人？哈囉，司機。」

入口附近的中年男性點點頭，遙舉手裡的啤酒致意。他的樣貌平凡，一如所有常見的計程車司機沒有多餘的記憶點。他在傑克會成員之間的代號亦是「司機」。

長期以來，司機與Mr. J01合作得相當愉快，如果有乘客尋求酒吧，司機會大力推薦Whitechapel，於是這些興高采烈打算嚐鮮的酒客便一一落入司機與Mr. J01共織的網，再也沒能走出酒吧。

他那臺經過特別改裝的愛車更是移動陷阱，內置的機關足以讓乘客連後悔搭錯車的機會也沒有。

貼心的Mr. J01遞來蜂蜜水，杯緣還插著一片新鮮檸檬。「解宿醉很好用。」

「雖然我沒喝酒，但是謝了。」凱莉把檸檬塞進嘴裡咀嚼，然後攤開手往掌心吐出檸檬籽。她抬起頭，想起一個相當好奇的問題：「交給你處理的女人後來怎麼樣了？」

那晚的情景歷歷在目，凱莉從來沒有見過有人可以慌張成那副德性。以豪就這樣驚慌無措地扔下她，跑去追早已不見蹤影的計程車。事後回想甚至令凱莉感到抱歉。雖然歉疚的程度跟沙漠中的雨水差不多。

「殺了。」司機聳肩，然後看看Mr.J01，「真的是很漂亮的女人。」

Mr.J01再一次確認：「是交換條件也是好幫手的請求。你沒亂來吧？」

司機又是聳肩：「也不能怎麼樣。反正就殺了。」

「怎麼殺？」凱莉依然好奇。

「我把她肚子裡的東西全部掏出來，扔在垃圾桶。皮膚真的很光滑，豆腐吧，就像嫩豆腐。我忍不住舔了，居然是香的。可惜要留全屍。」司機胡亂抓了大一把盤裝的花生米塞進嘴裡，像在彌補不夠盡興的遺憾。

「人都到齊了。什麼時候開始？」凱莉口齒不清地問，吐出嚼爛的檸檬片。「沒有遺漏了吧？就剩我們，其他都死了。」

凱莉終於想起一直被遺忘的活屍，當然沒有任何懷念或遺憾。不對，她曾經賭活屍不舉，這個白痴還欠她一根手指。

Mr.J01笑答：「差最後一位貴客。」

「就是那個十年？他是主菜，不是客人。你說過要讓我們開胃的。酒不能算數，這也不是酒。」凱莉搖了搖玻璃杯，蜂蜜水晃漾不止。

「不，是個觀眾。我希望可以專心處理十年，需要有人把那兩個女的帶走。」Mr.J01說。

「帶走她們的屍體。」凱莉補充。

「當然。」Mr.J01笑了。

二十二、獅子之所以是獅子

Mr. J01口中的貴客沒有讓他們等太久。

酒吧的門在幾分鐘之內被推開，瞬間吸收所有人的目光。

現身的是個沉默但散發不祥氣場的宅急便人員，一身制服被結實的肌肉飽滿撐起。部份臉孔藏在帽舌下，隱約可見野獸似的森冷雙瞳。裝屍箱抱在胸前，雙臂鼓起的肌肉束清楚可見，皮膚浮著形如小蛇的青筋。

「歡迎光臨，收購商。這次又要稍微耽誤你了。喝點什麼？千萬不要客氣，就當佔用你時間的一點賠償。馬丁尼？威士忌摻水？」

「東西在哪裡？」這名收購商直來直往，毫不廢話。

「就在裡面，一樣的老地方。但是有一點小麻煩，東西還是活的。你放心，很快就能讓你帶走。」Mr. J01用別具深意的眼神盯著收購商胸前的裝屍箱，拍拍手，示意所有人注意：「好了各位，移駕吧，可以開始了。」

在場的傑克會全部挪動屁股，聚集在囚室門口。

不發一語的收購商落在最外圈。

手拿馬丁尼調酒的Mr. J01獻寶似打開囚室，從門口一眼可見倒吊半空的曉君跟培雅。兩人的臉色比剛被捕獲時更加糟糕，曉君的臉孔因為充血而漲紅，培雅則是蒼白嚇人。

「從誰先開始？」Mr. J01環顧眾人徵詢意見。

「左邊的，那個看起來比較礙眼。」鷹勾鼻說得坦白。

「我選右邊。我懷念那個漂亮女人的皮膚跟味道，上次不痛快。」司機貪婪地嗅著空氣，發出粗粗的吸鼻聲，「這個也很漂亮，一定可以滿足我。」

「你們不覺得，先留左邊的，等到人來之後，在他面前殺掉會更有趣嗎？」凱莉提議。眾人有種恍然大悟的通暢感，紛紛點頭，認為這個點子富含趣味性，不約而同露出陰險的、失去人性的猥瑣笑容。

眾人品頭論足，彷彿在菜市場買肉。此起彼落的交談聲讓醉暈的培雅緩緩恢復了意識。

暈眩的她覺得虛弱得要死掉，腦殼內好像有個陀螺暴動般不斷旋轉。兩側太陽穴像被插進鐵釘般劇痛。滴酒不沾的她還不明白這是宿醉。被束縛的四肢難以動彈，軟弱無力的軀體什麼都不能作。

恍惚之間，培雅吃力望向傑克會一夥，現在的遭遇毋須贅言也知道這些人絕非善類，可是培雅對傑克會還一無所知，不懂這些人的目的為何。

然後，她看見他。

那個用盡千方百計好不容易見到面，卻換來陌生對待的大騙子。

「傳翰！」她呼喊，不明白為什麼他會在這裡。

「傳翰？」Mr. J01好奇複誦，「這是誰的本名？」但是無人回應。最後Mr. J01猜到大概：「收購商，你認識她？」

「不。」收購商回答。

「真有趣。狗急跳牆是這麼一回事？以為搭上關係就有機會活下來？」Mr. J01不留情地取笑，走向工具箱挑選適當的兇器。

Mr. J01細心翻揀，沒看見培雅的怪異神情。但凱莉倒是注意到了，還故意吹了聲口哨。

「你們覺得這把怎麼樣？」Mr. J01舉起切肉刀，並下了評語：「簡單好用，款式經典。」

司機斷然否決：「換把小一點的，不然會破壞胃的形狀。」

當傑克會眾人擠在工具箱旁，熱絡討論該用什麼用具剖開培雅時，她卻完全無視近在眼前的死亡威脅。

雖然恍惚又模糊，她還是拚命看著已經認不得她的大男孩，就當這輩子最後一次相見。他真的變了好多，更壯了，肩膀也更寬了，可是為什麼會露出這種表情？好像臉部的肌肉全部死去，不會哭不會笑，扳著臉，看起來好凶。

傳翰從來沒凶過她，不會這樣看她的。現在的傳翰到底怎麼了？明明身處同樣的空間，卻又相隔好遠。彼此之間填充著陌生的空氣，令培雅幾乎窒息。

「我死了，你也不傷心？」培雅虛弱地問，露出冰冷又蒼涼的淺笑。

收購商無言以對。

「就決定是這把了！」Mr. J01換了把體積較小的陶瓷刀，在成員們的簇擁中，揭幕般走向培雅。

倒吊的培雅疲弱晃動，嫌惡地別過頭，正好與一旁的曉君對上眼。後者愁容滿面，緊鎖著眉頭。可能是倒吊產生的種種不適，也可能就是怕死。

培雅不在乎，心死的她什麼都不管。

「凱莉，幫我把她的手固定好。」Mr. J01吩咐。

凱莉走向前，解開縛住培雅手腕的繩索，將她的雙手反扣到身後，無力掙扎的培雅只能任憑擺布。少去手臂的遮掩，Mr. J01再拉下培雅的外衣，少女潔白不帶贅肉的光滑腹部，就此毫無保留地裸露。

「這就是為什麼我們特愛挑選年輕女性的原因。」Mr. J01讚嘆得連連點頭，「實在很美，不是嗎？色澤就像這刀一樣白。」他展示商品似的舉起陶瓷刀，把白色的刀身貼在培雅的腹部作比對。

疲弱的培雅發出悶哼，不知道是死比較可怕，抑或傳翰的冷漠更傷人。

「當然，讓我們開始吧！」Mr. J01宣布，轉動刀身讓鋒刃觸及培雅的腹部。只要下刀，必然可以換來美妙的呻吟。Mr. J01確認定點，冰冷的刀尖點上牛乳白的肌膚。

很快地，從這開始，會湧出豔紅的血。

Mr. J01才將刀握緊，眼角餘光忽然瞥見一道黑影。很快、很急。眼前的景物忽然被加速抽離。Mr. J01看見無數被拉長的殘影，但是腦袋反應不過來，身體更失去控制。他如被颳飛的稻草撞上牆面，軟軟癱倒。

傑克會的成員訝然無語，無法反應。

收購商揮出的拳頭彷彿冒著煙。本來位在最角落的他逼近、出拳，恰如撲食的野獸。凶狠精準，一擊撲殺獵物。

目睹出手的收購商，培雅好想哭。這個大男孩果然不會眼睜睜看著她被傷害，就像過去每次、每次都伸出援手。

凱莉吹了聲口哨後機警退開，遠離忽然出手傷人的收購商。

獅子緩慢轉身，纏繞於身的不祥氣場彷彿有了實體，就地膨脹開來，毫不掩飾霸道的殺意。他剽悍地護在培雅身前，獨自面對成群的傑克會成員。

他威嚇咧嘴，露出森然白牙。眼裡有凶戾的光。

獅子不知道自己為什麼要出手，這也許是一開始就決定好的事。從看到被綁架的女孩開始，他就決定了。

不，明明在更早之前、在那次委託中女孩不斷的哭喊哀求已令他軟下心——

誰都不准傷害這個女孩。

隨著釋放的潛意識，獅子連帶解放那發自本能的、想將全部破壞殆盡的衝動。

震驚的傑克會成員們接連回神。鷹勾鼻飛快掏出隨身的藍波刀，他可不是空手拜訪。司機也趁著空檔，迅速從Mr.J01的工具箱取出稱手的兇器。

一對三。徒手對刀。獅子無懼地掃視一圈，明白得挨上幾刀才能盡數殲滅眼前敵人。更讓他在意的是殿後的凱莉，這女人顯然在等他露出破綻。

鷹勾鼻不屑冷哼，隨手刺出藍波刀。獅子看準了傾左避開，隨後揮拳。這拳來得太快，收刀不及的鷹勾鼻勉強舉臂架擋，卻被凶猛的拳力震退，踉蹌數步才勉強站穩。

鷹勾鼻訝異甩手。獅子沒有趁機進逼，因為一旁的司機虎視眈眈。鷹勾鼻啐罵一聲後又再攻來，甩動的短刀發出銳利的切風聲。

獅子晃開鷹勾鼻後猝然出拳，目標是司機。這人專長是取出內臟，而非肉搏行家，眼看獅子逼來，只能認份退後，不料獅子這拳只作佯攻，收勢後飛快迴身，以一記炸雷般的迴旋踢踢倒司機。

驚愕的司機不明所以，僅是眨眼之間就被踢中，連反應的機會都沒有。他出於生物本能開始發抖，卻忘記要逃開。

獅子忽然好近。

跟進的鷹勾鼻終究慢了一步。獅子的拳頭灌在司機臉上，剎那間彷彿司機的眼球都要被蠻橫的拳勁擠出。被重毆的司機仰頭倒地，鮮血噴灑成弧，鼻骨噁心地歪向一邊。他的雙腿抽搐幾下，整個人沒了動靜。

得手的獅子趁勢進逼，鷹勾鼻只看到一道橫掃的黑影。即使機警止步，仍沒避開獅子的攻擊範圍。

「Mother fucker!」鷹勾鼻怒聲咒罵，刀也不撿了。洩忿般扯下外衣，露出壯碩的肌肉。

先天的基因優勢讓鷹勾鼻擁有寬厚的身軀，即使開膛虐殺是畢生志願，他也同時熱衷瘋狂的肉體訓練。兩者相乘的效果令他壯如白熊，偏偏胸口的血紅色刺青破壞了這片白，圖樣是被開膛的女屍與幾個形狀狂亂的英文字母，刺著開膛手的大名。

放棄所有技巧，鷹勾鼻火車般往獅子撞去，攔腰將之擒抱。最簡單卻也最有效，獅子竟抵擋不住。

雙腳離地的獅子不斷以肘擊打，發狠的鷹勾鼻彷彿沒有痛覺，衝跑未停。一陣恐怖的沉悶巨響，獅子撞上牆面。鷹勾鼻的手臂重壓在獅子頸間，逼得被架在半空的獅子昂起頭爭取呼吸空間。

獲取的氧氣越來越稀薄，獅子雙眼暴瞪。已經聽不到培雅的呼喊。腦內迴響的嗡鳴讓他什麼都聽不見。身體發燙猶如火焚，燒燃似的鮮血加速流轉。

求生本能與破壞的衝動交纏旋繞，那股原始的慾望膨脹成前所未有的巨大模樣。

獅子只剩一個念頭——

殺！

獅子眼珠一轉，朝下瞪住鷹勾鼻。在眼神交會的瞬間猛然掙出雙手，扣住鷹勾鼻的頰骨，大拇指直接刺進鷹勾鼻的眼睛，深深陷入眼窩，用力攪爛眼珠。

滿臉覆血的鷹勾鼻淒厲嚎叫，雙眼被廢的極度恐慌令他不得不脫手，帶著糊爛不成形的兩顆眼珠子在囚室內踉蹌搖晃，彷彿酒醉。

落地的獅子踩得踏實。手指黏附的眼球碎塊如果凍般滑落。

鷹勾鼻慘叫未止，獅子一步一跨，立場傾刻逆轉。他的雙臂如鉗，夾住鷹勾鼻的頸子後奮力勒緊。

鷹勾鼻下意識抓住勒脖的粗臂。在不能視物的恐懼中，他有種錯覺，彷彿面對的不再是看似宅急便人員的收購商，而是無法被形容的狂暴野獸……

獅子左扯右甩，像真正的猛獅扯咬獵物。壯如鷹勾鼻竟像狂風暴雨中的風箏被甩來甩去，那身肌肉無法再抵抗獅子的蹂躪。直到被強壓在地，頭頸扭曲成註死的角度，獅子才甘願收手。

雖然得手，獅子卻也付出代價。雖然即時迴避，左臂卻還是中了暗算。他凶狠瞪視，才見偷偷清醒進而偷襲的司機刀上有血。

培雅心痛哀求：「你快逃……」

「是啊，你還是快逃吧。別打擾我們的聚會。」凱莉笑著附和。

獅子扭頭一看，凱莉站在培雅跟另一個人質之間，手中瑞士刀尖則抵住培雅的頸子。

獅子憤怒低吼，原來凱莉一直在計算的是這個！

「不要亂動，不然我只好殺了她囉！」凱莉語氣輕鬆得像在談論早餐的選擇。

在獅子遲疑的同時。被發現偷襲的司機心虛想逃。獅子雙手一揪，將司機拎起後還以膝撞。被撞得騰空的司機腳尖瞬間離地，肉軟的肚子首當其衝，緊接著喉頭一鼓，大口嘔出酸水。

獅子怒瞪捧腹不起的司機，還想給予痛擊，直到突來的痛呼中斷他還來不及發出的猛揍。

他愕然扭頭，凱莉在培雅的頸上割開一小道。刀尖留在切開的皮膚裡。傷口雖淺，卻滲血。

「我很認真的，不是說笑。」凱莉警告。

「要就直接殺了我，不要廢話！」培雅衝著凱莉喊，卻換來凱莉挑釁的口哨聲。刀又抵近幾分，鮮血越是蜿流。

這時，終於恢復意識的Mr. J01緩慢爬起，像復甦的殭屍。他扶著脖子，謹慎轉動頭部。他吐出紅色的口水，伴隨幾顆斷牙。嘔完酸水的司機也慢慢爬起。

Mr. J01拿出手帕抹嘴，手指伸進嘴裡確認缺牙的位置。他忍住即將爆發的怒意沉聲質問：「收購商不是應該什麼都不干涉嗎？」

獅子沒有回答，他知道哪怕自己再狠再快，也不比凱莉抵在培雅頸子的刀。

「放她走。」獅子要求。

「當然不可能。」Mr. J01拾起剛才脫手的兇器，搖動食指般對著獅子晃了晃，「你要付出代價。」

獅子慢慢轉身，直接走過司機身邊。被他氣勢震懾的司機竟不能動彈。

現場餘存的三名傑克會成員幾乎以為，這個收購商要這麼走掉——

直到獅子拾起落地的藍波刀。

他竟將藍波刀架在已經負傷、血流如注的左臂上。「放她走，我留下。我先廢掉一條手。」

Mr.J01仰天失笑，哭笑不得地搖頭。「滿意，但不夠滿足。再加一條腿吧！」

「不要、傳翰……求你不要……」培雅急得哭了出來。隨著她激動落淚，纏住雙腿的鎖鏈鏗鏘作響。

獅子凝視培雅，凶狠的表情稍微和緩下來，透著無人察覺的溫柔跟歉意。「我什麼都不記得了，不知道自己是誰。也不記得你。」

培雅哽咽失聲，無法回應獅子的自白。

「可是你認得我。過去我是不是傷害過你？現在，一次還清。」

獅子避開培雅溼透的雙眼，看向左臂。

咬牙。

刀鋒切開獅子（傳翰）的血肉。

二十三、最癡情的男子漢也最瘋狂

同是人質的曉君目睹一切：從以Mr. J01為首的傑克會成員踏進囚室、收購商突然發難導致其後的混戰，直到現在收購商以自身交換，要求傑克會放過一旁的女孩。

被懸吊半空的曉君因為頭暈難受，連恐懼的力道都削弱幾分。倒楣的她竟然成了誘餌，用來要脅十年現身。她不會責怪十年害自己身陷險境，卻是反過來擔心他會就這麼順傑克會的意赴約。

這是必死的局。

她想起被同是傑克會的陳伯綁架那天，給浸在冷水滿溢的浴缸，只能瑟縮發抖，不安猜想所有可能的不幸結局。囚禁她的狹小浴室瀰漫潮溼的霉味，黑暗剝奪視覺，只能聽見溼淋淋的水聲。

後來，十年隨著忽然亮起的燈光出現。這次也會一樣嗎？她相信十年，卻有預感死期將近。

曉君咬著牙，眼睛不受控制地泛淚。面對死亡哪能淡然？尤其死法註定痛苦。可是，或許死了倒也好，總勝過拖累十年。

低調卻倒楣的人生，說不定就要在這裡結束了。曉君心想。

在她為人生定下註解時，收購商與傑克會的對峙進入另一個階段。

收購商漠視近在眼前的威脅，彷彿所有人不存在，只看著那女孩。

「可是你認得我。過去我是不是傷害過你？現在，一次還清。」收購商說罷，藍波刀切開左臂血肉。鮮血從袖子的破口飛快蔓延，漫出不規則形狀的血暈。

女孩心痛哭喊，Mr. J01鼓掌叫好。

收購商默不吭聲強忍，額頭卻反映痛楚滲出豆大冷汗。

他再加重施加於刀上的力道，頭皮發麻的曉君閉眼不敢再看，就怕看到收購商真的廢掉整條手臂。

終於，她聽到慘叫。饒是如此剽悍強壯的人，也無法忍受這種劇痛吧？

Mr. J01跟凱莉雙雙錯愕驚呼，令曉君忍不住好奇睜眼一看，跟著驚叫。不是出於恐懼，而是與傑克會渾然不同、蘊含喜悅的驚呼。

就在門口，那個像貓任性又行蹤不定的男孩，帶著一貫淡漠的招牌表情出現。

「十點整，不多不少。」十年說。

曉君還發現，一名原本站得直挺挺的傑克會成員跪倒在地，小腿肚插著一把手術刀。曉君聽到的慘叫就是他發出的。

十年扣緊手術刀，一步步向Mr.J01還有曉君等人質走來。收購商停止交換的自殘舉動，他發現事態有了轉機。

Mr.J01確認手錶時間：「沒錯，你很準時。幸好現在依然是三對二，人質也還在我們手裡。」他看到中刀的司機暫無性命危險，至少也能列入戰力。

小腿鮮血如注的司機喘息著，按著傷腿艱困爬起。鎖定聲音位置的十年看也不看，隨手一揮，流星似的銀光脫手。司機再次倒地，雙腿盡廢。

「二對二。」十年修正Mr.J01的說法，後者的笑容已成僵硬的假笑。

Mr.J01鎮定地說：「容我提醒人質的存在。」

「傷害她，你不可能活著離開。」十年反制得極快。收購商縱然沒有發言，但他只有一條手臂受創，仍有駭人的破壞性。

「真是可怕的威脅。」凱莉從容打岔，退到曉君背後以她的肉身為盾，防止十年再次發難。Mr.J01明白她的用意，跟著繞到培雅身後。

凱莉提議：「來作個交換，我用這兩個人質換我們安全離開。」

Mr. J01是個聰明人，知道僵持不下無法得利，不如暫時脫身。只要保有性命，日後依然能夠剷除十年這個麻煩人物。

若不是這個收購商打破規則攪局，現在一切都該照Mr. J01的預想在走。當下Mr. J01決定，即使會招惹收購商背後的勢力，日後還是要將這個眼中釘一併殺除。

「當然，各退一步才是明智選擇。兩位男士，你們看，反正人質還算毫髮無傷，很划算吧？」Mr. J01忽略掉培雅的傷口如是說。

「可以。」十年答應得乾脆，這令收購商不解。十年態度明確地表示：「讓他們走。」

獅子沉著臉。雖然對此存疑，但或許是打破現在局面的辦法。他看向培雅，「不要怕。」

「我不怕。」培雅的笑容虛弱但堅定：「因為有你在。」

Mr. J01不客氣地打斷：「談情說愛到此為止。等等你們有得是時間。我要把人質放下來，你們別想趁機亂來，不然只好同歸於盡了。我一定先殺人質。」

收購商威脅：「你也別想亂來。」

「當然。」Mr. J01說，「一到門口我就會釋放兩個女士。」

Mr.J01負責監視兩人，凱莉陸續把曉君跟培雅從掛鉤放下。當她解開鐵鍊與天花板掛鉤連接的那端，失去支撐的曉君像團墜落的肉塊摔落。即使高度有限，仍令她不免呼痛。另一邊的培雅才剛落地，就掙扎著要靠近傳翰，結果被Mr.J01一把拖回。

「放手！」培雅怒喊。

「乖女孩，安分一點。等等就讓你們團聚了。」Mr.J01不耐煩地喝止。

兩個人質維持著四肢被縛的狀態，分別被Mr.J01還有凱莉架在身前充當肉盾。

「站遠一點。我不跟男人親熱。」凱莉輕挑提醒，看似隨時要衝上來的收購商讓她不太放心。

獅子不可能不防，難保傑克會突然反悔，痛下殺手。

「還有我……救我……」那名首先遭到十年襲擊的司機哀求。現在哪怕是再輕微的動作都會牽動傷口，讓他被迫趴在地上像個癱軟的醉漢。

司機好怕會死在這裡，再也沒有機會殺人、無法掏出活人的內臟……在性命危存的生死關頭，才明白每個受害者死前的感受，這更加深他嗜虐的心。為了延續這份喜悅，一定要活著離開。

「不包括他。」十年冷酷制止。

Mr. J01只能無奈聳肩，「抱歉了，志同道合的好夥伴。相信你自己的潛力，努力求生吧。」

在司機絕望的注視中，Mr. J01與凱莉慢慢接近房間門口。收購商垂著滴血的左臂步步跟進，緊咬一定距離，作好接回培雅的準備。

曉君對於這筆交易很不放心，傑克會這些人看起來並非是信守承諾的善類。偏偏十年冷靜異常。曉君決定還是相信他，因為十年救過她好幾次。

曉君的腳跟被粗魯拖行，凱莉雖然苗條但力氣可不小，扣著曉君的手相當有力。

「你啊。」凱莉突然在曉君的耳邊低語。

曉君下意識應聲：「嗯？」

「該減肥了。」凱莉發出戲謔的輕笑，氣得曉君都清醒了。但是一陣讓人預料不及的怪異噪音讓曉君忘記回嘴。

那誇張又令人頭皮發麻的不祥聲音聽起來就像是……

「啊啊啊啊啊啊啊啊啊！」首先離開房間的Mr. J01激烈慘叫。

曉君驚愕扭頭，越過凱莉的肩膀可以看到Mr. J01渾身通電般瘋狂抖動。

製造噪音、促成一切的始作俑者是手持電鋸的以豪。Mr. J01身上的血肉像噴發的油井，激烈濺上以豪俊俏的臉龐。

放聲狂笑的以豪雙手滿臉都是血汙，根本是個失控的紅色瘋子。

Mr. J01連抵抗的機會都沒有，頸子一歪，隨著切開身體的電鋸跪倒。著魔的以豪沒有就此罷手，繼續抓著電鋸將Mr. J01蹂躪成面目全非的大團爛肉，鮮血噴上牆壁、噴上吧檯、噴上天花板，染紅Mr. J01引以為傲的Whitechapel，讓教堂不再如往日純白。

原來十年預先安排以豪在外埋伏，所以乾脆接受傑克會的交換條件。一心復仇的以豪當然不會拒絕十年的邀約。姚醫生死後，他也不算活著。

曉君嚇壞的同時，十年已經往她衝來，負傷的收購商緊隨在後。

眼看十年逼近，凱莉果斷推出曉君，令十年為了接住她被迫止步，連帶阻擋後頭的獅子。凱莉冷笑一聲躍進吧檯，從對側的開口衝向酒吧大門。

她迅速地打開門，眼前所見卻非通上的階梯，而是降到最底堵住所有去路的鐵捲門。

什麼時候降下來的？失算的凱莉愕然，雙腿接連被銳利的劇痛所襲，幾乎要就地跪倒。她不必回頭也知道是十年射來的手術刀。

自知死期已到的凱莉忽然露出看開的釋懷笑容。手伸進口袋。

「唔！」凱莉悶哼一聲，手臂接著中刀，取出的煙盒因此脫手落地。她難忍失落地望著寶亨煙盒，指尖滴落的血珠正好落在「抽煙有害健康」的警告標語上。抽煙傷身，不抽傷心。凱莉自嘲，活著本來就是一種耗損，所以才要活得刺激。

電鋸聲從後逼近。

太可惜了，連最後一根煙的機會都沒有。凱莉心想。

「嘔噁！」脫困的曉君趴地嘔吐，看到Mr. J01跟凱莉接連被以豪破壞得不成人形，她一個平凡人怎麼可能忍受這樣過激的殘酷畫面。

太恐怖了，實在太恐怖了！在以豪喪心病狂的駭人狂笑之中，曉君邊吐邊發抖。曾被強餵人肉的她知道以豪本來就很可怕，但不知道可以瘋化到這種程度。

「裡面還有。」十年善意提醒。以豪架起滴血的電鋸，踩過遍地血汙留下一行血腳印。

囚房接著傳出淒厲令人掩耳不忍再聽的哀號，甚至蓋過電鋸運轉的噪音。

「他到底怎麼了？」曉君膽怯地問。

「正常釋放。」十年答得輕描淡寫。

比起以豪，十年現在另有更棘手的事必須處理。他相當在意培雅的動靜，負傷的收購商正在替她擦拭沾染的血跡。

終於一償所願的女孩褪去蒼白，像告別凋零的花恢復生氣。

「你真的什麼都忘記了？」培雅睜著眼，捨不得離開視線，直望著收購商。

「嗯。」獅子抹去她臉蛋的血滴，結果被培雅一把握住手掌。她的指尖柔軟而冰涼。他下意識想要握緊，但立刻打消這個念頭，卻也不願意抽回手。就這樣任由女孩握著。

「連我也是？」培雅不死心追問。

「全部。什麼都不記得了。」獅子搖頭。

有股說不上來的感受，他不單只想要握緊，甚至渴望擁女孩入懷。獅子的眼眶微熱，只能垂下頭，藉由帽舌掩飾。

「好啊，那沒關係。你要聽好哦，從現在開始你要記住我，好好記下來。如果又忘記，我真的不會原諒你。這次絕對不會！」培雅像個固執又淘氣的孩子，卸去面對他人的強硬偽裝，口氣多了些不自覺的驕縱。

她知道只有這個大男孩願意無條件承接她的一切。她只是一個未滿十七歲的易受傷少女。她有好多、好多話想跟這個消失好久的大騙子說。

現在，先從撒嬌開始。

可是獅子突然站起，不明所以的培雅望著他。在她來得及抓住獅子的衣角之前，收購商已經跨過Mr.J01與凱莉殘破的屍首，大步走向出口。

「你要去哪？傳翰？」培雅喚著收購商真正的名字，強迫無力的雙腿追趕收購商的背影。

鐵捲門升起得緩慢，但收購商鑽出縫隙、踏上階梯離開的速度好快，快得讓培雅追不上。

她踏過最後一段階梯，街頭的陽光斜照，刺眼得令她眩暈，從手遮的指縫間看著傳翰越來越遠。她只能追著，直到再也看不見他，直到迷失在分不清方向的陌生街頭。

大騙子，又不見了。

×××××

留在Whitechapel的曉君一頭霧水。

「那個女生怎麼了？」

「……也是正常釋放。」十年同樣莫名其妙。不過培雅就這麼棄他不理，著實令十年鬆一大口氣。現在正是脫身的好機會。

「該離開了。」十年扶起曉君，她的腳步有些不穩，得緊靠十年才能站好。

曉君不由得又想起凱莉提醒她減肥，然後再看看曾經是凱莉的遍地屍塊，險些又要嘔吐，接下來大概好幾天都吃不下東西了。

她強忍反胃，心想絕對、絕對不能吐在十年身上，想也知道這個有潔癖的傢伙會翻臉，她可不想看到十年變得跟以豪一樣。

「以豪呢？」曉君遲疑地問，不安地望著囚房的方向。

「最好不要打擾他。」十年拉著曉君往外走，「有點滑，小心。」

「嗯……」曉君遲疑後還是忍不住說：「你沒事真是太好了。」

「你也是。」

××××××

離去的收購商返回貨車。像被掌握行蹤似的，加密廣播在他打開車門的瞬間響起：「呼叫獅子。即刻返回大工廠。」

果然來了。獅子心想，對於突來的指令並不訝異。

大工廠的指令務必視為第一優先且務必遵守。這是獾教導他的第一課。獅子沒忘，更沒忽視大工廠的行事作風。

他之所以要走，是一開始就註定不能待在培雅身邊。他是收購商，必須面對大工廠的監視。離開女孩，是為了保護她。

「獅子收到。」收購商機械般回報。

他別無選擇。

二十四、收購商的處刑前夕

那條蜿蜒通往大工廠的山路，一直以來都是收購商返程的必經之路，除了這些偽裝成宅急便人員的傢伙之外，今日另有其他人行駛在這條送葬路上。

那是一臺被山中黑影掩蓋顏色的跑車，車頭燈的光讓部份車身得以在黑暗中顯露，是濃豔欲滴的鮮紅。

跑車過彎，劃開冷冽的山風，沖散彷彿暗藏鬼魅的飄渺薄霧。沿著相同的路線，跑車抵達大工廠。

下車的駕駛西裝筆挺，梳著經典的紳士油頭。他面帶笑容，毫不掩飾掌握一切的自信氣場。

迎接光臨的是久候的獾，他像具木然站立的死屍，面部詭異而生硬。臉上唯一看似活人象徵的，只有那對會轉動的眼珠子。

「他在哪裡？」大衛杜夫興致勃勃地問。

獾不發一語領路。大衛杜夫習慣這樣的沉默，這種不多嘴的乾脆總是令人舒服。

在遠離市區的大工廠，所有塵囂的無謂瑣事連帶被隔絕在山霧之外，被允許通行來此的，只有不再說話的肉塊。

兩人一前一後穿越大工廠，直刺夜空的巨大煙囪冒出緩慢上升的濃煙。廢棄物的焚燒總在夜間。

他們經過外側倉庫，直抵正後方一座荒廢枯井。

此處另有兩名看守的灰衣傀儡。與收購商的衣著不同，他們的識別服裝是連身的灰色工作服，這種顏色就像死屍瞳孔浮出的灰膜。

至於被看守的對象，是盤坐在枯井旁垂頭不語的收購商。

這名收購商不見上身制服，只穿著黑色的貼身背心。裸露出肌肉線條如刀刻的壯碩手臂。左臂有道顯眼的切割傷，結著凝固的血塊。一條帶鎖的粗鐵鍊捆住他的腰與胸膛，將他與枯井纏繞成一體。

困獸似的收購商聽見腳步聲，抬頭。雖然受困，卻不見屈服的頹然氣息。

縱使掌握一切，大衛杜夫更喜歡意料之外的驚喜。不如說，這正是他一再追尋的夢寐以求之物。所有照本宣科按規則走的，都是他不屑一顧的無趣垃圾。

大衛杜夫不得不對這名收購商感到讚賞。代號獅子的他攻擊委託人，全程透過監聽器洩漏給大工廠。

大衛杜夫前來的途中預先聽過完整的錄音，感動得要掉眼淚。可是大衛杜夫沒有眼淚，就像他沒有區辨善惡的界線。

大衛杜夫對獾使了眼色，示意要與獅子獨處。於是獾率著兩名大工廠的灰衣傀儡退下，大衛杜夫再走上前。

「你會死在這裡。」大衛杜夫說得直接，手伸往西裝外套胸前的口袋取出酒紅色的煙盒。煙的品牌與他的自稱相同——Davidoff。

大衛杜夫點煙，深深將尼古丁吸進肺時一直盯著獅子不放，觀察所有細微的表情變化。

獅子早知道自己的下場，沒有驚訝、沒有害怕，更不可能求饒。只想用死換取一個到此為止的收尾，不讓大工廠繼續追究，不要牽連到培雅。

「你不怕死，很好。」大衛杜夫稱讚，「不如說你是在尋死。」

大衛杜夫彈響手指，響徹寂靜的山頭。他對製造的噪音不以為意，甚至刻意再彈了一次，響亮的聲音像有什麼當空炸開。

「大工廠有它的規則，在日出的時候，你會受刑。放心，過程很俐落。你不會太痛苦。」

獅子沒有回話，他已經望向大衛杜夫看不見的遠方。大衛杜夫當然發現了，反正他知道這不是獅子想聽的。

「不是沒有收購商破壞過規矩，但你是第一個攻擊委託人的。後來真是熱鬧，簡直是大團圓。」

大衛杜夫頓了頓，想像那樣的情景，將每個角色精準定位。

「你，想起來了嗎？還是什麼都不記得，單憑不理性的感情行事？別誤會，這不是責備，我非常、非常欣賞這樣的舉動。只有衝動的感情才能造就無法預期的驚喜。你讓我聽見很有趣的東西，當然是聽見的。你已經知道了，制服有監聽器。可惜我不在現場，就像所有精彩但稍縱即逝的經典，這是無法重現更無法複製的。我只能憑藉豐富的想像力去補全所有細節。」

獅子不由得微微皺眉。面前這人是如何知道他發現監聽器的存在？

大衛杜夫當然沒放過獅子臉色變化的一刻。他發出無聲的得意冷笑，抖落煙灰。

「這對我來說，一直是易如反掌的簡單小事。」

無論是驚人的想像力或捕捉獅子私底下的任何動作，對大衛杜夫而言都實在太輕鬆。

大衛杜夫是越來越滿意了，當初一時興起拾回的人竟能帶來這樣多的樂趣。比起老掉牙再無其他把戲的十年，這個曾經叫作傳翰的現任收購商，實在是太棒了。

大衛杜夫不得不佩服自己的突發奇想，促成這樣局面的始作俑者正是他本人。如果今天獅子不是收購商，那麼培雅會死、傑克會就能成功虐殺十年洩忿。大衛杜夫長久以來投資的心血將成為開膛手的祭品。可惜，沒有如果。敗事有餘的傑克會沒能得手。

不，這樣太嚴厲了。大衛杜夫心想該收回前言，不該這樣責難傑克會。是這一手太巧妙，就連他自己都防不住。

大衛杜夫終於忍不住，發出爽朗又歡愉的大笑，嚇起林中的夜鳥。

「那麼，晚安了。享受最後的夜晚吧。」大衛杜夫舉起不存在的紳士帽致意，當個謝幕的演員，優雅離場。

走在幽森的山間小路，大衛杜夫滿是笑意。這整座被遼闊夜影籠罩的山，恰如大工廠漫長而陰暗的歷史。

××××

關於大工廠的起源，要追溯回很久很久以前。

故事都是這樣開始的。很久、很久、很久以前……

很久很久以前，有個坐擁億萬財富的富翁，他有個心愛的女兒。那個女兒心地善良，是富翁在這世界上最寶貝最寵愛的人。

這個女兒不幸生了病。就在某天、毫無預兆，某個開關出了差錯就此無法順利啟動，從內部瞬間崩解。女兒喪失與人正常相處應對的能力，所有人在她的眼裡都像會吃人的怪物般可怕，只好躲起來。

有的是錢的富翁大撒鈔票請遍名醫跟學者，以及所謂的權威，可是無人能治好女兒的心病。

女兒把自己封閉在房間不肯露臉。年邁的富翁擔心得要命，最後在專家的建議下嘗試一個辦法——在偏僻無人的地方建立設施，聚集同樣有精神疾患、無法適應社會的人，讓他們在這裡休養、學習並嘗試，直到痊癒再回歸社會。

試遍所有方法的富翁決心一賭，只為了換取女兒康復的可能。

計畫進展得極快，相關的團隊跟患者都找來了。所有的患者都是免費接受這項服務，家屬當然開心，幾乎是毫無猶豫答應團隊的要求，恨不得越快將患者送來越好。女兒後來在富翁強硬的手段之下被送進機構。

過程中女兒發瘋般尖叫，像著火的老鼠拚命逃竄、試圖避開所有人。心疼女兒又希望她可以順利康復的富翁含淚忍耐，並在日後為此自責不已。

事與願違，女兒依然毫無起色。每當富翁回想那天逼迫女兒離開房間的情景，不禁垂著老淚數落自己的不是。

後來，就在女兒被送去機構的幾年後，富翁病逝。女兒就此待在山上，住在遠離機構的小木屋，定期會有人將預備好的三餐跟生活必備的物資送上門，但再也沒人見過她。

女兒躲了起來，誰也不見。

現在，大衛杜夫就站在這個女兒的面前。

二十五、只要跨出去就可以了

遠離大工廠的遺世小木屋，蒼白月光下是突來的訪客。

躲在門後的曇花只露出半張臉，怯弱望著門外人。

「好久不見。」來訪的大衛杜夫展現一貫爽朗的自信笑容，任誰都會因此放下心防。

大衛杜夫明白藏在笑容最深處的，從來都與表面相違背。越是像他這樣的人越能輕易駕馭這樣的偽裝。

尤其，現在所拜訪的正是那個「女兒」，這種笑容是必須的。大衛杜夫還不想嚇跑她。

曇花不懂大衛杜夫到來的原因。「為什麼……」

大衛杜夫沒有回答她的問題。「不請我進去坐坐？沒關係，我能理解。這麼多年你的毛病還是沒變。你還是當初那個小孩子。所以不要緊，就繼續站在這裡吧。這樣很好，外面很涼快。你在好奇為什麼我會來。」

失語的曇花只能點頭。

大衛杜夫彈響手指。突來的聲音令曇花嚇得一震，整個人藏到門後，過了幾秒才像膽小的蝸牛觸角，猶豫地探出臉來。

大衛杜夫失笑，有股捉弄小動物的樂趣，但是戲弄曇花不是他的來意，只是額外的插曲。

「我是來當信差的，帶來獅子的死亡通知書。」

曇花清澈如孩童的眼珠子驀然瞪大，原本就白皙的臉蛋越加慘白。她的嘴唇微微顫抖，無法閉合。

大衛杜夫笑意更深，曇花的反應全在預料之內。「我忘記補充，是預定的死亡通知。時間還沒到，他會在日出的時候死去。」

「他生病了？出意外？」曇花心急追問。

「如果是這樣倒還好解決。他錯在攻擊委託人，必須受刑。」

「他不是那種人……」曇花為獅子辯解，她認定獅子看似凶暴但心地善良，不會隨意傷人。

「他就是。」大衛杜夫說得篤定，「就算除去這點，他私下和你接觸也足夠嚴重了。這不是他可以來的地方。這麼驚訝？你想問為什麼我會知道？很簡單，因為這裡對我來說沒有任何祕密。全部，也包括你。只避開監聽器沒用的。那是幌子，就是為了讓你過度在意，忽略其他被監控的可能。」

「不要殺他！是我要他來的。」曇花哀求，急得要掉淚。她從沒想過只是與獅子有所接觸也會害了他。這同樣是大衛杜夫的惡意——為了讓曇花越加心慌。

大衛杜夫頓了頓，「不用自責，那都是他自找的。啊，我發現得太晚，你現在總算有進步了。以前你連話都沒辦法好好說，更別提面對我了。比起說話，要你在人前露臉才是最困難的。這樣不是很好嗎？我們愚蠢的父親費心弄出這些，現在終於有所回報。」

曇花一股勁地搖頭。「不要傷他。我會請他不再過來的。大工廠是你管的，你饒了獅子……」

「如果其他收購商跟著學壞怎麼辦？」大衛杜夫故意裝得為難。

淚水滑過曇花的臉頰，點點滴滴落在衣上。「他都跟我一樣都是生病的人，為什麼要這樣對他……犯錯可以改過，為什麼……」

「你的病真正痊癒了？」大衛杜夫反問。

曇花語塞。她是明白的，即使可以看似正常地與已是舊識的大衛杜夫還有獅子互動，但換作跟其他人是絕對不行的。這已經是多年以來好不容易的改變。過去，她連最親愛的父親都要躲。

大衛杜夫接著說：「我不能放走他，但你可以。還記得大工廠後面的那口井？他被關在那裡。」

「這是鎖的鑰匙。」他舉起一把銀色鑰匙，微晃的鑰匙反射屋內的燈光，像是某種閃爍的小小希望。「如果是獅子自己逃掉而非被我赦免，就不必擔心其他收購商會跟著模仿、破壞規矩。但是，必須由你來放走獅子。」

大衛杜夫晃了晃手中鑰匙。

「猶豫了？你還是沒辦法離開這裡。我忘了，外面的世界對你來說太可怕，隨時可能把你生吞活剝，連殘骸都不吐。你是對的，在這座山之外的確是活人互噬。這樣很棒，真的很棒！我太喜歡看人因為慾望扭曲的嘴臉跟衍生的醜態。在那種時候就好像得到某種進化，擺脫人形的桎梏。這樣很好。」大衛杜夫狂熱不已。

「不、不好！」摀著耳朵的曇花不斷搖頭，拒絕大衛杜夫的狂言。她哭得比剛才更加激烈。

「我說好，就是好。」大衛杜夫眼神一冷，把鑰匙硬塞進曇花手中。鑰匙冷冰冰的，可是她感覺到被大衛杜夫碰著的肌膚如火焚燒。怕人的曇花亦抗拒肢體接觸。

「額外再送你一個禮物。」大衛杜夫強抓曇花的手腕不放，把一個同樣冰冷的物事放在她手上。

曇花看清那物事的真面目，忍不住倒抽一口涼氣。「不要，我不要這個……」

「你會需要的。」大衛杜夫贈送的是攜帶防身的掌心雷手槍。「以前教你用過，還記得嗎？」

「不要、我不要！」曇花奮力甩開手。鑰匙跟掌心雷手槍接連摔在地上，落在她跟大衛杜夫之間。

曇花當然還記得，就在她變成這個模樣的那一天。

她還記得大衛杜夫如何興奮地教導她使用手槍，當時他示範的並非掌心雷而是常見尺寸的黑色手槍。曇花不明白，只是聽著比她大上好幾歲的哥哥熱心講解。

然後，她隨著大衛杜夫離開家，到一間預定好的廢棄倉庫。之後有兩個比當時的大衛杜夫小上幾歲的青年也來了，大衛杜夫分別給了他們一把槍，聲明這只是仿真瓦斯槍。

說完，掏出一疊鈔票。

曇花也沒忘記，那兩個青年看到鈔票時，眼睛都亮了。

誰先射中對方就可以拿走這些錢，大衛杜夫說明遊戲規則，然後拉著曇花退開。儘管擔心會受傷，躍躍欲試的兩個青年仍興奮接受提議。在大衛杜夫喊下開始之後，兩人幾乎是同時舉槍，其中一人速度更快一些，率先扣下扳機。

超乎預期的後座力震得那人手臂發疼，在瀰漫的硝煙之中，中彈的青年愕然看著冒血的胸口。開槍的青年則不知所措。

這根本不是瓦斯槍，是足以奪命的真槍。

恭喜你，這疊鈔票是你的了。大衛杜夫熱烈鼓掌，掌聲幾乎要震穿曇花的耳膜，她嚇得跪地，魂魄脫竅似的動也不動。射傷人的青年嚇壞了，觸電般扔掉手槍，頭也不回往外跑。

大衛杜夫悠哉如散步，從容拾起手槍。在青年逃出之前留下他。正確來說，是留下屍體。

目睹這駭人場面的曇花摀耳，尖叫。她望見大衛杜夫轉身後的獰笑，那是她這輩子見過最接近惡魔的東西了。

「選擇權在你。獅子是死是活由你決定。」面前的大衛杜夫拉順微皺的西裝袖子，「你也可以選擇繼續躲藏，坐看獅子受死；而你安安穩穩過完剩下的人生。很划算，不是嗎？」

曇花後頸發麻，一股寒氣從骨髓滲出，讓她如墜冰窖般難受。大衛杜夫完全咬死她的弱點，不留情地予以痛擊。

「選擇權在你。」大衛杜夫再次強調，然後像個風度翩翩的紳士優雅鞠躬。「我會再來。在你最不想看見的我時候，我會出現。」

口哨與愉悅的彈指聲逐漸遠去，大衛杜夫的故事還沒說完。

故事的後續是富翁死後，他的兒子接管設施並進行改造。

收購商依然是收購商，改變的是被回收的物品。原先的諮商治療團隊遭遣散，改置入兒子早已安排好、可以控制這些病人的專家進駐。後續挑選病人的標準也變了，大工廠不再力求讓這些人痊癒並回歸社會，而是融入兒子生意的一部分，成為他獲取情報的管道之一。

那兒子生來就具備這種本事，能將所有資源扭曲成他方便取用的形貌。

大工廠不再是大工廠，但自我囚居的女兒從未發覺。

曇花無助地跪倒，同在地上的還有那把掌心雷手槍跟鑰匙。她難過垂淚，這一切全是大衛杜夫設計好的，就像那兩名舉槍互射的青年，而她也成了大衛杜夫遊戲的一部分。

她已經數不清待在這裡多久了，這些年來都在這間小木屋獨自過活，說話的對象只有栽種的花草。在她越漸不安覺得無法繼續逃避時，獅子突然出現。

就如曇花先前說過的，獅子的到來像個信號，意指她該離開了。

她也想，很想很想，知道不該再這樣下去，可是不行，彷彿有堵無形的牆阻擋在她跟外界之間。曇花踏不出去，只能被困。

她搆來鑰匙，這是救出獅子的關鍵。

不對。她痛苦地否認，真正的關鍵在於她是否可以走出去。現在只有她可以救出獅子。單是想像離開這裡，所有恐怖的景象就接連湧出，所有無以名狀的恐怖夢魘，像密密麻麻的黑色蟲子從各個角落爬出，變成黑色的細流，然後成海，幾乎將曇花吞噬。

她恐懼地發抖。大衛杜夫造成的精神創傷太重，她無法忽視那兩個青年的嘴臉，貪婪得像被什麼惡靈附身似的。在那之中他們失去人性，又或著說是展現人性的另一面貌……曇花真的被嚇到了。

獅子真的會死。

她又無法克制地掉淚，身體一陣熱一陣冷，還不能下定決心。外面好黑好暗，好像有什麼在竊竊私語，好像有什麼會突然竄出來傷害她。前去大工廠的路好遠、好遠，路上會遇到人嗎？會不會有很多人？顫抖的曇花用細瘦的手臂死死抱住身體。沒有人可以依靠、沒有人可以求救。

她望見那把掌心雷手槍，知道暗藏的殺傷力有多強，取人性命不過是扣下扳機。

扣下去、只要動動手指就可以了。很簡單的，只要走出去就好，跨出去……跨出去……

二十六、當花染成玫瑰色的灰燼

坐以待斃的獅子什麼都沒想，想什麼都沒用。

他丟失太多的記憶，甚至忘卻自己，但還沒失去感受的能力。在臨死的此刻竟然沒有一絲恐懼，是否作為收購商見識太多死屍，於是連帶麻木自己的生死？原來死亡根本不是不得了的大事，到頭來不過是不眨眼不呼吸，要比活人平靜自然。

黑暗濃密得彷彿擁有實體，重重壓著被鎖在枯井旁的獅子。夜中的山林並不安靜，可以聽見很多聲音，有夜鳥有蟲鳴，有無法辨別的奇怪聲響。只有靜下來的時候才聽得仔細。

他發現自己的心跳也參雜其中。

距離破曉還有多久？獅子試圖倒數死亡，卻像這片包圍他的黑暗無法被辨認。雜草發出的騷動清楚得無法被忽視，獅子背對的重重樹影暗藏倜促的腳步。來了，這麼快？要處死我的是誰？是獾或其他的收購商？獅子猜測，沉穩以對。

他扭頭確認，來者卻在意料之外。

彷彿約定好似的，散開的雲層透出月光，就像每次都與這個人在月下相會。

曇花沾了一身的草屑跟落葉，凌亂的瀏海披散在額頭。本來就纖瘦的她伴以黑色素洋裝與赤足的打扮，在鬱林的巨大陰影之中顯得更是單薄，似乎隨時會碾壓破碎。

她一爬出草叢，就像承受不住陰影重量般跪倒。為了來到這裡，已經耗盡所有的力氣。

曇花肘撐在地，不斷用力呼吸好抑制隨時會爆發的恐懼。她好不容易才抬起頭，對獅子露出虛弱得幾乎要昏厥的慘澹笑容。

「好恐怖……」曇花小聲又虛弱地說，無法起身的她手腳並用，慢慢爬向獅子。

獅子這才看清她的裙子被鉤破了、小腿有擦傷、白色柔軟的腳背混著泥巴與鮮血。還有那握在手中令人在意的掌心雷手槍。她應該是與這類武器絕緣的人。

曇花摸索著用鑰匙開鎖，重獲自由的獅子卻沒有解下纏繞在身的一圈圈鐵鍊。

「你為什麼會來？」獅子不明白，為什麼曇花知道他被囚禁在這裡？竟然還離開藏身的木屋。

「請你帶我出去。」事先練習幾百次，即使說得倉促又險些咬到舌頭，曇花終於順利提出這項要求。

「我必須留下。」獅子拒絕。正如原本計畫的，他要用自身的受刑充當收尾。

「求你帶我出去。」不死心的曇花繼續請求，「只有你可以帶我離開。你賠上自己也沒有用的。那個人不會守信的，他只憑自己的喜好決定。你不能上當。」

「誰？」獅子不解，曇花口中的「那個人」是誰？她又以為自己作了什麼交換？

曇花眼神不自然地飄向別處，手指緊抓著裙擺，很不願意提及那個人。但她不想對獅子有所隱瞞，最終只得坦白：「他自稱大衛杜夫。你一定見過……」

見過，當然見過。獅子的腦中立刻浮現那名看似紳士卻比誰都危險的傢伙。他甚至懷疑，大衛杜夫就是把他弄進大工廠的始作俑者。

「他是大工廠真正的主人。」曇花透漏獅子未知的真相，僅是這樣簡短的一句話，就足以翻轉獅子的決定。

曇花不會說謊。獅子確信，所以大工廠是屬於那個人的。縱使固執又不怕死，但獅子並非愚蠢的笨蛋，更不會作徒勞無功的交換。

他扯下纏身的鐵鍊。

「走吧。」

逃脫的路上沒有遭遇任何阻礙。負責看守的大工廠傀儡竟然擅離崗位，也不見獾的蹤影。這實在太輕鬆了，順利得令獅子毛骨悚然，不免懷疑後續布置著更為致命的陷阱。

獅子牽著曇花，小心翼翼地在樹林中潛行，最後躲藏在可以窺視大工廠的草叢。兩人雙雙壓抑住呼吸，像要欺騙這座森林他倆並不存在。可是沒有人可以對山說謊，這裡容不下謊言，除此之外什麼都接受，無法存活在人群的異類也好、喪失說話能力的肉塊也罷，山林全部概括承受，就連燃燒肉塊產生的惡臭黑煙也能大方包容。

天色又比離開枯井的時候更亮了一些，轉淡的陰影不再沉重逼人，已經能夠看清樹葉的輪廓跟棲息在枝頭的鳥兒了。這是黎明前夕的信號。

要離開得趁現在。獅子心想。

大工廠的入口緊閉，煙囪沒有冒煙。與之相鄰的倉庫無光，冰冷的鐵皮蔓延鏽蝕的紋路，形如失落的遠古文字。幾輛貨車停放在大工廠前的廣場，像半醒的馬匹，溫馴等待主人的回歸。

獅子從車牌號碼辨認出他的貨車，對曇花使眼色後壓低身體，獨自離開藏身草叢，近乎無聲地跑向貨車。

沒有埋伏。獅子確認無誤，保險起見先發動貨車。引擎的聲音壓過鳥鳴的總和，隨時會驚動大工廠內部。他飛快鑽進車裡，油門一踏，迅速接曇花上車。

貨車循著唯一下山的道路疾駛，兩旁景色飛箭般消逝。獅子除非必要否則不減速，能逃多遠是多遠。

繫著安全帶的曇花雙手緊握車頂手把，即使如此每次過彎仍會被甩向車門，像迷失汪洋任憑怒浪摧殘的脆弱船隻。幾片落葉還黏在髮上，她逃得急迫，連整理的時間都沒有。

可是，曇花不必繼續在乎外表了，無論是被鉤破的衣服或擦傷流血的身體都不在意了。

又一次身子撞向車門，曇花不經意一瞥，看見遠方被日出染紅的雲層。那是令她屏息注目的美麗色彩，像燃燒後的玫瑰色灰燼，漂浮在將明的天空。

曇花緊盯不放，貨車開遠之後仍癡癡將臉貼著窗，直到被一旁的林木遮斷視線、直到又一次過彎而她毫無緩衝地撞上車窗，才終於捨得別開眼睛。

她揉著疼痛的臉頰，車內車外都要比剛才明亮得多，大衛杜夫贈與的掌心雷手槍反射著光。

獅子嚴肅不語，專注地開車。幾年來自我藺縛、不曾離開這山的曇花卻不見害怕，她有股前所未有的淡定，獅子直到被她叫住才發現。

「停在這裡好嗎？我要下車。」曇花請求。

獅子斷然拒絕：「還不安全。」

「他們不會傷害我。」曇花解開安全帶，雙手捧起掌心雷手槍。「已經沒有什麼可以傷害我了。」

是這個與她不相稱的武器帶來的自信？獅子猜測，又見曇花雖然平靜，但隱隱有股未曾展露過的堅決。他只得同意，放慢車速後平穩停下。

曇花推開門，站進車外灑落的陽光。全然的天亮總在不知不覺間完成。有些畏光的獅子難免瞇眼。

曇花沐浴在和煦日光之中，微笑彎起的眼睛清澈得像夏天小溪。那個畏縮膽怯的曇花不知道在什麼時候死去，也許被留在深山，陪著她細心栽種的無數花草。現在的她像新生的嬰兒，擁有嶄新的靈魂。

「獅子，」曇花喚他的名，「不管你過去怎麼樣，我遇見的你是很好、很好的人。我不再逃了，你也不要逃了。」

獅子幾乎要苦笑出聲，原來早被曇花一眼看穿。

「再見，謝謝你。」曇花翩然一笑，獅子分不清是外面光線刺眼，或是她的笑容過於燦爛。

曇花轉身，及腰長髮輕晃。赤裸的雙足踩住陽光的足跡，裙擺越過蔓生的咸豐草群，又一次入山。不是往大工廠也不是小木屋，而是全新的方向。

獅子目送她的背影遠去，直到消失不見。

當獅子要再次踩動油門時，突來的槍響中斷他的動作。他愕然僵住，暗藏的不祥預感終於串成一線。他奮力推開車門，狂奔往曇花消失的方向。

找到曇花的地方是在花叢裡。

她仰倒在無數的白色小花之間，不見任何痛苦。依然是離別前的那抹笑容。

幾朵小花染成悽豔的紅，恰如曇花那時看見的玫瑰色灰燼。

×××××

獅子離開大工廠的全部經過，獾都看在眼裡。

他依照大衛杜夫的命令沒有出面攔阻。叛徒必須嚴懲，老闆的命令更必須遵守。獾持續待命。貨車的追蹤信號終於停滯不動。

也是因為大衛杜夫的指使，撤走了兩名看守的灰衣傀儡。獅子才得以順利帶曇花逃脫。

逃了，不要緊。這就是大衛杜夫想看的。

他要知道這個懦弱膽小的妹妹究竟有沒有辦法跨出那一步，撤走看守人是附帶的獎勵。逃掉的收購商再抓回來就好，大衛杜夫多的是忠心的眼線。

「去吧。」好整以暇的大衛杜夫下令。

面無表情的獾駕駛貨車下山，大衛杜夫盯著漸遠的車尾燈，滿意地自語：「獾其實是一種性情兇猛的動物，遠比表面的形象更加危險。不只是蟒蛇，獾就連獅子也不怕。」

被派出獵捕的獾不時注意監控面板的貨車追蹤信號，確認目前位置。他的駕駛風格不亞於獅子，甚至更為粗暴。尤其是在追捕叛徒的此刻，一心完成任務的獾很快追上獅子的所在處。

出現在停放路旁的貨車之前的，是目標，是佇立以待的獅子。

獾踏下煞車猛然甩尾。貨車激烈劃出黑色的胎痕，橫停在不閃不避、連眼睛也不眨一下的獅子面前。

獾下車，冷酷宣示：「你逃不掉。」

獅子散發無懼的氣勢，原本就剽悍的他因著這股魄力，身形彷彿又漲大幾分。這次不再有人質令他分心，不必再特別留手。只求毀滅，不講留情。

「我要結束這一切。」

獅子咬牙，衝出。冷血的獾同時出手——

他不會再逃了。

二十七、他與她，就這樣不分開了

以豪細心地整理文件，整齊疊起後裝入紙箱。他已經恢復平靜，不像酒吧時那般喪心病狂，現在的他是那麼溫柔，又是平常的以豪了。

他抱起裝滿文件的紙箱，經過書房相連的諮商室。那裡有正在發呆的培雅。窩進沙發的女孩縮起雙腿，頭靠在膝蓋上。她的視線沒有對焦，茫然望著眼前的空氣。

培雅沒有試圖再尋找傳翰，她至少知道傳翰並非如表面看來的無情，亦知道他的苦衷。

當初被鬼哥要脅時是傳翰捨身相救。所以她認為無論後續遭遇了什麼，都是自己造成的，是她的魯莽害得傳翰失憶，從那之後煎熬的尋找與思念，全是懲罰。

她不氣傳翰再次的不告而別，那日的他離開得太急促，原因必定是培雅不知道的隱情。所以她決定等，給傳翰時間，她也需要整理自己。就像以豪回來大樓善後，這裡餘下的只有乾掉的血跡與發臭的屍塊。

很多人被留在這裡，包括小茜。培雅突然覺得，這個聒噪又鬼靈精怪的女孩其實有可愛的地方，可惜太晚發現。

以豪經過培雅身邊時忽然停下，正好擋在她的面前。

回神的她抬起頭。

「你的父親會被殺，是因為他是傑克會的人。兇手專門針對傑克會，所以你沒死。」以豪說得直截了當，不留給培雅緩衝的空間。

那時的培雅不知道綁架她的人是什麼來路，可是現在充分明白傑克會究竟是什麼樣的組織了。

以豪的坦白就像往池子中心投入石頭，起初只有細小的漣漪，然後慢慢擴大再擴大。培雅終於反應過來，震驚地想要追問時，以豪已經離開諮商室。

培雅追去，恰好看見他的背影沒入轉角，忽然失去追問的力氣了。自從傳翰失蹤，她就一直在追趕著什麼、重複著什麼。像希臘神話不斷把石頭推上高山的薛西弗斯，從來未曾攻頂，因為石頭總在最後關頭一再滾落。

她沒有力氣了，到此為止吧。

父親的死已經變成遙不可及的往事，在那之後經歷更多痛苦的事，連帶沖淡這份仇恨。

培雅或許已經站在仇恨的盡頭，那裡什麼都沒有。不是原諒，不是繼續憎恨。

×××××

抱著紙箱的以豪來到診所外的空地。

夕陽向晚，颳起的風吹動他的瀏海。他壓住文件免得散落。

選定一處之後，以豪便放下紙箱，點火。微弱的火苗緩慢而吃力地燃燒，小口又小口咬食紙張。這些是姚醫生的祕密，除了她就剩以豪知曉。

他會打點好一切，讓姚醫生沒有後顧之憂。他一直是最可靠的左右手，不必交代也無需額外指示，他會處理好的。

所有的祕密消失在逐漸張狂的火舌之中，然後被風送走，再沒有洩漏的機會。

以豪看著火焰，想踩進去讓火焚身，用燃燒的疼痛忘卻精神的折磨。身為棄嬰又被迫棲身育幼院的他不曾擁有什麼，直到被姚可麟選中。

以豪永遠忘不了見到她的那天，是那樣優雅美麗的一個女人，散發著光芒，讓四周所有的人與物都黯淡失色。他記得她是怎麼牽起他的手，對著他輕語。那是未曾體驗過的溫度。

即便與姚醫生的會面成了忍受育幼院生活的支柱，那時候的小以豪還是會抗拒她的溫柔。被拋棄過的人對什麼都懷有戒心，構築的心牆比誰都還要厚，嚴密得不留任何空隙。

姚可麟還是進來了，進入他的世界。而後他也進入她，從此密不可分。

以豪不再看著火焰想像火焚，這裡不是他該留下的地方。他改看遠處，視線越過一旁的鮮綠草坪，穿越無形的風，看見一個熟悉身影逐漸走遠。

那是培雅。

她越過斑馬線，踩上被橙橘色晚霞渲染的人行道。

以豪知道，這裡也不是她該留下的地方。

×××××

舊家的鑰匙是培雅唯一保存的物品。輾轉寄住親戚家，又落腳在姚醫生的診所，培雅什麼都扔了，除了這把鑰匙。

房子屬於父親，但他死後不知道歸屬於誰。那時候的她太稚嫩，什麼都不懂，只能當個被動的人球任由擺布。至於現在，這依然不是她想考慮的問題。

回到舊家樓下，培雅抬頭仰望。那層樓黯淡無光，陽臺的黃金葛盆栽早已枯萎得不成樣子。她緩步上樓，氣味沒有變化，還是家的味道，就像從前一樣，依然沒有包含歸屬感的成份。

家具積著一層厚厚的灰塵，簡直像荒郊野外的廢屋。夕陽的影子落在陽臺，只有些許探進屋內，像畏縮的訪客。

培雅省去開燈，靜靜倚著牆。她環顧昏暗的客廳，這是生活了十六年的地方，每一處都有她的痕跡，現在全部埋進塵埃和陰影之下，變成無法出土的遺跡。

好陌生，曾經的家變得好陌生。不熟悉的氣味竄進鼻腔，是難以習慣的廢屋氣味。這讓培雅想起父親。

父親一直是那樣疏遠。直到現在培雅仍無法確定，父親對她跟弟弟抱持的是什麼樣的感情？反過來亦是如此。她甚至不能肯定因父親死亡而產生的憤怒是真實的，那更像是因著社會化而學會必須採取的態度。

那些情感是沒經過培雅同意就置入身體的程序。父親被殺，所以她應該要難過生氣。是學習得來的，所以不真實——

不真實，父親一貫和藹的臉色也不是真實的。他無論對誰都是客氣有禮，甚至對培雅也是如此。培雅忽然懂了，父親像穿戴著無形的皮膜在行動，將所有人阻隔在外，只展現完美的偽裝。

這不是真正的父親。

以豪透漏的真相帶出過去所有懷疑，她曾經不止一次以為是眼花看錯。

幾次不經意望進父親的瞳孔，會發現與和善的外表截然不同的冰冷——冰冷，這是培雅最直接想到的形容，是從腳底板一路寒上頭頂的冷，在那瞬間彷彿遭遇什麼危險的存在似地僵直，無法順利呼吸，想逃但是身體不能動，只能儘快別開目光。

不再看著父親的眼睛之後，一切就會恢復正常，像終於把頭探出水面可以再次好好呼吸。或許在那種突然的時刻，也是父親恰好疏忽了偽裝的時候。

以豪說的是真的。父親從來沒有將心思放在培雅跟她的弟弟身上，他一直都注視其他地方，那是培雅看不見的所在。

現在她明白了。

她的雙手也沾滿惡臭的鮮血，曾經以為已經麻木的罪惡感猛然襲捲上來。培雅望著攤開的手掌，像要將掌紋全部烙進瞳孔般用力看著。起初是因為報復，再來只為見傳翰一面。無論是哪個原因，都令她經歷激烈的質變，而失去的要比得到的還要多。

培雅可以捨棄自我，但不會放棄已經深植如呼吸的習慣。

那就是等待。

×××××

駕車回淡水的路上，以豪幾次看往後座。

那裡什麼都沒有，沒有姚醫生故作好奇的偏頭微笑——她總是知道為什麼以豪要回頭。

以豪陷在下班的車潮之中，車子開開停停，集體阻塞在紅燈前。漫長的車龍不見盡頭，紅色的後車燈原來要比火焰更紅且刺眼。

即使提醒自己要抑制習慣，以豪仍忍不住回頭。像玩一二三木頭人，以為回頭會看見她，可是留下的只有空蕩蕩的座位。

塞車讓這種被剝奪所產生的空洞感越加遲緩，有如逐漸發作的劇毒。以豪按著胸口，彷彿被用力扯下一塊，滴淌著血。傷口呼應空洞似地擴張，直到將他吞噬。

回頭沒用，不用看了。她不在。她不在。以豪握著方向盤的手不斷加重力道，像要扭碎方向盤。

她不在。

以豪忽然粗暴地拍打喇叭，催促前方的車讓道。鄰近車輛的駕駛紛紛拉下車窗投以責難目光。以豪不管，他要回去，要趕快回去。這裡不是他該待的地方。

原來歸途也是折磨。這裡沒有火焰可以焚燒，不然他必將一切燒盡清出道路。

好不容易，以豪真的好不容易回到淡水的居所，卻在門前躊躇。就像困在育幼院的小以豪，明明知道門後就是姚醫生了，卻遲遲不肯敲門見她。那時候養成又戒掉的奇怪脾氣，竟在這時候復發。

以豪握住門把，然後迅速抽手，彷彿那是燒紅的燙人鐵塊。插入鑰匙的時候，他仍想再等等……執拗的脾氣沒有道理，長大成人後只有越加固執。

他記得那時候的心情，是怕被拒絕、怕再次被遺棄。

不會。她是姚醫生。姚醫生不會丟下我。

沒錯，只有這個人不一樣。以豪相信她，死心塌地永不懷疑。

門開了又關。以豪快步穿越滿屋的書堆。那本闔起的書還擱在沙發上，同在沙發上的還有無數次兩人纏綿的回憶。他走得很快很急，直到終於站在姚醫生的房門前。

以豪敲門。叩叩。

小以豪敲門的節奏也是這樣。叩叩。

「請進。」拜訪育幼院的姚醫生會這樣請他入內。但是今晚，姚醫生沒有發出邀請。以豪仍是開門，他知道她不會拒絕。

看似睡去的姚可麟仍然優雅而耀眼，無論變成什麼模樣，以豪都認定她是最美的女人。他俯身親吻，想像能像童話吻醒她——

他的皇后仍然沉睡。

以豪跪在床邊，將頭擱在姚可麟的肩上，將手探進被褥，摸索她的手掌，五根手指穿過她的指間，牢牢握住。

「是你選中我。我待在這裡，哪裡都不去。」他閉上眼睛。

以豪隨著此生唯一認愛的女人沉睡。陷入漫長沒有終點的睡眠。

這是他該留下的地方。

二十八、輪迴的誕生物

渾身浴血的獅子搖搖晃晃，一步步踏往下山的彎曲歧路。指尖凝垂的血珠隨著艱困邁出的腳步滴落，蔓延成碎散的紅色路跡。與獾的血戰，終究付出代價。

沸血般的殘陽落在獅子身後，消隱在群山盡頭。

獅子發出沉重的呼吸，覆蓋臉孔的鮮血緩慢遮住半邊眼皮。降臨的薄暮令他即使用力強睜另外半邊眼睛，仍無法看清楚越來越昏暗的四周，連咫尺內的眼前路都難以辨認。

他停下，發現全世界的聲音都消失了，沒有風沒有鳥鳴更沒有紊亂的呼吸。鬆懈的全身肌肉突然齊聲發出哀鳴，現在的獅子連動個手指都嫌太過勉強。失去支撐的膝蓋就地跪倒。

獅子試圖確認遠方的天空，卻什麼都看不見。

他突然感受到血液流經血管時產生的鼓動，聽見自己的心跳。這是活著的證明。

可是獅子累了，越來越冷。他需要休息……雖然是在這樣的黑暗裡，仍清楚看見了，那是忽然浮現的，被深埋在記憶底層的片段。

好像是很久很久以前發生的，對失憶的他顯得尤其久遠。

那是一個微雨的早晨，待在超商的他透過玻璃窗面，看見外頭撐傘的校服女孩。她懷著難解的心事，臉龐抬起的角度又顯得倔強。後來校服女孩來到超商。他決定試著作點什麼。為她。

片段退去，留給獅子的又是無邊的黑暗。在意識接續消退之前，他只想著一件事——

她還會等我嗎？

×××××

「你不該約這種地方見面，」大衛杜夫責難地表示：「肯德基沒有草莓聖代可以吃啊。」說完，他綻開惡作劇的笑容，伴隨標誌性的彈指聲。

十年指著桌上的餐盤：「有蛋塔。」

「啊，新口味？」大衛杜夫在十年身邊的位子坐下。這處面朝向窗，可以眺望夜間的街景，都是些不相干的路人，重複著每日單調沒有變化的行程，來去，任憑時間流逝。

十年喝了口無糖綠茶，沒有說話。穿著亞麻襯衫以及卡其褲的他像個悠閒的大學生。至於總是穿著西裝的大衛杜夫像誤闖的人，他的氣質更適合出現在高級的社交場合。

「你開始戴錶了。」大衛杜夫的觀察力敏銳，發現十年多出額外的配飾。

「嗯。」十年放下飲料杯，仍是看著窗外。

「這不像你會挑的款式。」大衛杜夫輕敲餐盤，循著十年的視線往外看。

一個老人無視交通號誌，當自家廚房般大方穿越馬路，險些引起車禍。緊急煞車的駕駛氣急敗壞，張大嘴不知道對老人說些什麼。隔著玻璃窗，聽不見。

大衛杜夫知道十年不是在看這個，是在製造沉默。這樣無妨，大衛杜夫不排斥沉默。他稍微用力呼吸，嗅進速食店瀰漫的食物味道，還有沾身又黏膩的油炸氣味。

「總得有人先開口。」大衛杜夫拿起蛋塔端詳，然後又不感興趣似地放回餐盤。

「我猜你不是在意我遲到，總是會有臨時的小插曲讓人抽不開身。怎麼樣？我身上有味道嗎？」

大衛杜夫攤開雙臂，「我希望是沒有，誰希望身上留著難聞的藥水味？好像連傷患的疲憊都黏上來了。那實在不是個有趣的地方，只有笨蛋才會選擇用那種方式了結。幸好我見識到很有趣的事，該說是僥倖或神蹟？你知道嗎，原來對著腦袋開槍，子彈有可能滑進頭皮卻沒射穿顱骨。不管怎麼樣，總是有人活下來。」

十年依然沉默。

大衛杜夫的指尖輕輕敲了桌面幾下，「你約我見面，但你真正想拿到手的不是情報。別賣關子，你知道就算是驚喜，放久也會像變質的食物，酸臭得無法下嚥。」

「是你放出情報給傑克會。」十年說。不是提問，是肯定句。

大衛杜夫又笑了，這次不是惡作劇的笑，而是開懷放聲暢笑。即使整層樓的客人都訝異望來仍沒有使他停止大笑。十年面無表情地捂住耳朵，抵擋近在面前的聲浪。

持續的笑聲終於停止。大衛杜夫若無其事地拉順領口，擺出一副正經八百的模樣，像個敲錘確認成交的拍賣官般宣布：「正確答案！」

他露出微笑，是掌握得恰到好處如紳士優雅的笑容。其中不含有任何笑意，只是慣用的表情。

×××××

十年收到Mr. J01來電的那日。

Whitechapel，早晨七點。

「……我也很想看看，這個行家到底是什麼來歷。等我聯絡。」大衛杜夫把紅色iPhone收進西裝內袋。

「生意？」穿著白襯衫配西裝背心的Mr. J01問，在Whitechapel裡他必是這樣的打扮，以專業的酒保外貌示人。這是偽裝的皮。

「一個心急的客戶。」大衛杜夫無所謂地笑了笑。

大衛杜夫面前的吧檯擱著一杯Old Fashioned。經典不滅的調酒，以波本威士忌為底，配著老式酒杯。

大衛杜夫啜了一口，閉眼享受它的氣味，隨後興奮地彈響手指。「完美，波本跟苦精的比例完美得無法挑剔。你沒偷工減料，還是使用方糖。太好了。」

他讚嘆不已，發現珍寶似地凝視琥珀色的Old Fashioned，綻開滿意的笑，又隨手搖動杯子，讓冰塊與杯緣發出悅耳清脆的碰撞聲。

Mr. J01頷首，大衛杜夫的反應在預料之內，這杯調酒是他的得意之作，嚐過的顧客無一不讚賞。

叮。大衛杜夫輕彈酒杯，「我的部份到這裡就結束了，再來看你們怎麼收尾。最後我必須多嘴幾句，不要小看他，那可是個狠角色。」

「我們也是。」Mr. J01藏不住自信。雖然他現在看來是個專業又親切的酒保，但實際虐殺的人數要比凱莉跟鷹勾鼻加總的還多。

酒吧總是不缺乏落單又喝得爛醉的客人，這讓Mr. J01能夠穩定獲得獵物，還能大方分贈給其他成員。

大衛杜夫認同地點頭，再次彈響手指。「那麼就這樣吧，是時候道別了。祝你們復仇順利。」

「合作愉快。隨時歡迎你過來。」

「會的，為了美好的Old Fashioned。」大衛杜夫頭也不回，揮揮手，推開酒吧的不鏽鋼門，踏著通外的階梯離開。紅色瑪莎拉蒂停在酒吧外，光滑亮麗的車身反射出耀眼的晨光。

大衛杜夫窩進駕駛座，把藏在西裝外套的玩具取出來，毫不避諱地扔到副駕駛座——那是一把貨真價實的掌心雷手槍。

真是可惜，他心想，本來預想如果傑克會試圖滅口，就直接拿這玩具來招呼的。大衛杜夫不傻，越是身處險地，越要留有退路。

不過Mr. J01倒是很安分。這樣不錯，或許以後還有合作的機會。就看哪一方會活下來。

當大衛杜夫再也不被十年端出的戲碼滿足之後，便開始追求另一種可能：讓獵殺者與被獵者兩方顛倒，終於成就今日的局面。

他才是真正發牌的莊家。傑克會不過是被驅弄的棋。是大衛杜夫主動跟Mr. J01搭上線，給予相關情報。

傑克會襲擊診所亦是大衛杜夫一手促成。結果是十年未死，姚可麟卻誤踩陷阱。

「過於自信，就是你的致命傷。」大衛杜夫輕拍方向盤。姚可麟的死是他順水推舟，也是基於他的要求才讓傑克會留著全屍，至少外觀看起來如此。

這是大衛杜夫出於尊重的舉動，他與姚可麟都是酷愛追求刺激並視規則於無物，只求滿足自身獲取快感的同類。像他們這種人，世間少有，多得卻是層次低落的劣質品，足以堆成一座發臭的屍山。

也因此更顯得姚醫生的存在有多可貴。大衛杜夫在得知她死訊的當晚，罕見地感到失落。倘若姚醫生沒死，他就能擴大這場局，以姚醫生作為對手。

可惜，逝者已逝。可以滿足大衛杜夫的從來都是活人。餘下的以豪會如何、十年又該如何？光是想像就令他難忍地顫動，忍不住彈響手指。

他會一直看到最後。

×××××

「正確答案。」大衛杜夫重複，「怎麼發現的？」

「沒有發現，只是沒有其他人選。」十年終於看向大衛杜夫，他的神情平靜，不帶怨懟，就連大衛杜夫都看不出他在想什麼。

「就當是對我的褒獎了。讓我猜猜你接著要採取的行動。像獵殺傑克會那樣制裁我？」大衛杜夫摸出煙盒放上桌面。「差點忘了，公共場合禁煙。瞧，我實在太興奮，連一些基本的規則都忘了。不過說穿了，規則只是規則。所有的規則都會被破壞。所以我跟你合作，然後出賣你。很刺激吧？你幾乎要被殺了。」

「幾乎。」十年不否認，「就是未完成的意思。我沒死。」

「對，你沒死。甚至找我來這種沒有草莓聖代可以吃的地方。」大衛杜夫開玩笑地抱怨，又拿起蛋塔。這次沒有再扔回餐盤，而是咬了一口。

大衛杜夫對味道很滿意。他彈響手指，「剛出爐的。」

「還下了毒。」十年平淡地說。

「劑量一定不夠。」大衛杜夫大膽地吃完整個蛋塔。「你學會說謊了。可惜不適合你，就像下毒也不是你的手段。真要殺我，你會選擇別種方式。」

大衛杜夫拿餐巾紙抹嘴，擦拭掉沾黏的蛋塔碎屑。「殺了我能怎麼樣？你苦苦追獵傑克會又怎麼樣？十年啊，對於你的作為，我已經看得非常厭倦了。我必須承認，最初的我樂此不疲，因為可以從中得到太多樂趣。」

「嘗試想像看看，某天你按照慣有行程開著車抽著煙，準備拜訪客人，談一筆可以輕鬆賺進大把鈔票的生意。結果在路上看見一個氣質異常特別的少年，他擁有常人不會具備的特質，簡直像黑暗中發光的寶藏。那種光芒別人看不出來，只有識貨的人才懂。我懂。這深深吸引了我。所以我停下，不管什麼生意了，賺錢對我而言總是輕而易舉。」

大衛杜夫手伸向十年，停在他臉前的幾公分處。十年沒有看著近在眼前的手掌，而是直視大衛杜夫。無光的黑色眼眸看不出任何情緒。

大衛杜夫彈響手指，十年眼睛眨也不眨。「就像這樣，賺錢不過是動個指頭般的簡單小事。」

「但是遇到從天而降的驚喜就另當別論了。又有誰想得到，這個少年的身份如此特別，甚至賦予了自己使命。使命，多麼令人感動的詞！」

「你看，」大衛杜夫指著窗外，「就是你剛才一直不放在眼裡的。這些盲目走動的路人有目標有方向，可是全都不是真正該去的地方。這跟使命完全無關。這些人不過是被差遣的，是循著既有的規律安分走動，就像螞蟻一個接一個跟在別的螞蟻屁股後面。無聊，真的非常無聊。你不一樣，你非常不一樣。」

「這讓我決定完全支援你的一切所需。我提供情報，讓你付諸行動。每次看著傑克會成員的照片，我就會想著這些人太單調了。他們就是這樣，也只能這樣。這就是你珍貴的地方，你還能成長，擁有足夠的變化性。看著你逐漸清除掉這些人，真的讓我很欣慰。」大衛杜夫露出不曾展現過的宛如慈父的笑容。

十年依然沉默，這讓大衛杜夫繼續他的獨白。

「可是你該知道，即使是再精彩的電影，反覆觀看百次都會噁心得令人想吐。因為驚喜不再是驚喜，所有情節都已經被預測。不必擔心我會再向任何人洩漏你的情報，到此為止了。對你，我已經失去興趣。輪到你了，你的選擇？」

十年沉穩回覆：「什麼都不作，作為一直以來情報的報酬應該足夠。」

大衛杜夫微微一頓，在短暫失望的遲疑後，轉而露出極具深意的微笑。

「理智的決定。聰明如你有這樣的選擇，讓我有點意外又不太意外。足夠，非常足夠。」大衛杜夫讚賞點頭，一面把手伸進西裝外套。十年看著，防備將被取出的任何東西。

大衛杜夫掏出的只是一個精緻的金色打火機，消光的金屬外表看來低調，內斂又極具質感。

「你沒有抽煙，用不上這個東西。但是哪天你湊巧想燒死傑克會成員，這就能派上用場。」大衛杜夫立起打火機，放在十年面前，然後揀了一塊蛋塔，從座位站起。

「再見。」大衛杜夫抬起手，高舉不存在的紳士帽致意：「我想也不會再見了。」

大衛杜夫咬了一口蛋塔，哼著歌悠閒走下樓。

十年沒有追隨他的背影，只看著被留下的打火機，表面是一層又一層的同心圓金屬細紋，數不盡有幾層。

十年知道情報商保留未說的，那就是即使殺掉他又如何？大衛杜夫不過是這個世界所展現的惡意之一，這份惡意永無止盡，層層疊疊相扣成環，每分每秒都在滋生。傑克會也是這惡之輪迴的產物。

他端起收拾好的餐盤走向回收區，盤上是一口都沒碰的蛋塔跟喝剩的無糖綠茶，以及大衛杜夫遺留的打火機。

在把這些全倒進垃圾桶之前，十年猶豫了一下，最後還是取回打火機。掏出隨身攜帶的小瓶消毒酒精，反覆仔細擦拭後放進口袋。

離開速食店走上街，接連經過十年身邊的是庸碌匆忙的行人，全都沒有落進他的眼裡。他注視的始終是別的地方。

雖然不追究大衛杜夫的出賣，卻不可能放過傑克會。遲早，這些開膛怪物的惡行會被十年終結。總有一天。

十年穿越馬路，差點忽略手機的來電震動。

另一頭傳來曉君的哀號：「喂？十年！我跟你說真的超倒楣的……手錶的錶帶居然壞了！明明就是新的耶，而且是好不容易才找到的喜歡款式，嗚……你的應該沒弄壞吧？有好好珍惜嗎？」

十年瞥了一眼袖口，嶄新的玻璃錶面光滑如鏡。「嗯，沒壞。」

曉君鬆了一口氣：「那就好！我的只能找時間再拿去修了，可是假日的時間好少，連補眠都不夠。我今天又、要、加、班！只好跟你吃宵夜了。你要吃什麼？上次那間鐵板燒好嗎？還是永和豆漿？」

十年想了想，「你煮麵吧。」

「那還要去大賣場一趟喔，不然沒有食材可以下廚。」曉君突然發出賊兮兮的笑聲：「這次你要不要乖乖坐在推車上啊？十年弟弟？」

十年一陣惡寒，後頸跟著發麻。「絕不。」

「哎唷，幹嘛這樣？坐推車真的很有趣喔，你這個沒有童年的傢伙！可是我會有點晚下班，真的沒關係吧？要不要改天再約？」

「沒關係……」十年話還沒說完，曉君那頭突然傳來怒斥聲：「林曉君！交代你的東西弄好了沒有？還躲在這裡偷偷講電話，是嫌會太早下班是不是？」

曉君就著話筒直接大喊：「我、我弄好了！立刻拿給你！」那音量大得十年耳朵發疼，立刻把手機拿遠。

再次湊近時只聽曉君匆忙地說：「對不起，主管在催了。你剛剛要說什麼我來不及聽清楚，下班再好好聊吧，先這樣囉！」

曉君慌亂掛斷，冒冒失失的她總會有各種小插曲。十年收好手機，隨著人流的方向前進，融進人群，假裝自己是溫順乖巧的綿羊、是無力反擊的被獵者。

從外表看來，他的確像個普通的大學生，擁有超乎同齡的淡然，而且長得好看又少去令人作噁的庸俗。幸虧從外在判斷從來不準確，更令十年得以繼續披著這層完美偽裝。

十年漫步街頭，走過水泥堆築的蟻窩。並非無處可去，更不是盲從的螞蟻。

他的方向始終明確。

二十九、終，完

深夜。

灰色的無情暴雨襲打城市，墜落的雨水重重砸上落地窗，淋成無法透視的水幕。雜鬧雨聲越過滿室書堆，穿過閒置已久的沙發，最後闖進半掩的門縫。

以豪在床邊緩慢醒轉，初時睜眼還有些畏光，只能勉強綻開一條小縫。彷彿經過幾世紀的沉眠，身軀麻木得沒有任何感覺，只能維持將頭擱著枕邊的姿勢。

但他清楚知道十指扣著的另一半，仍是他的姚醫生。

偏偏，唯他獨醒。

完全睜眼彷彿又經過一世紀，而他再花上幾個世紀的時間凝望姚醫生，或著該說那曾經是作為姚可麟的一具軀體。

無論化成何種形貌，在他眼裡，她永遠是那樣完美無暇。可是這輩子，他倆再也無法說上一句話。以豪無聲落淚，隱形的淚水不見實體，只有他明白自己的哭泣。

不，姚醫生也會明白的。他確信。

精神的復甦要比肉體更快，無數如絲線般的思緒在腦中纏繞成結，而後緩緩舒展開。

以豪雙眼驀然瞪大，乾裂的喉嚨吐出勉強而嘶啞的驚嘆。突然察覺一個未曾懷疑過的盲點。原來、原來是這種可能！

他吃力挪動身體，慢慢、慢慢再挨近姚醫生。他鬆開緊扣的手指，改為環抱，單是這樣簡單的動作就用盡現有的力氣。他想要道歉，如果自己再警醒些，會不會就能阻止姚醫生遇劫？如果、如果……

以豪頭抵著姚醫生，像要把自己埋入她，就此融為一體。

偏偏刺耳的彈指聲在腦中響起，伴隨而來的是那人的面孔。

她的死，不該單單只是傑克會的圈套，背後另有主謀。

以豪曾認定是時候了，但還不能留在這裡。壓抑暴漲的情緒，他用最溫柔的力道鬆手，放開緊抱的姚醫生。然後按著床，像個初次學步的嬰兒蹣跚而起，一步又一步慢慢走向門口。

最後回望姚醫生一眼，聲音依舊低啞無力，但以豪確信她聽得見。

「等我，可麟。」

×××××

微雨的早晨。

細雨無聲降落在街道，落在窗上。交會後累積，滑下，溜出透明的軌跡。

撐傘的女孩踩過水窪，留下漫開的漣漪。

叮咚。那是城市時常可以聽見的聲音，隨著自動玻璃門的開啟而出現。超商內的溫度比起外頭要來得溫暖，瀰漫咖啡的香氣。

幾個睡眼惺忪的上班族在櫃檯前排隊，等待正在沖泡的熱咖啡。這是不可或缺的精神食糧，每日必備。

女孩經過貨架，停留在四度C的鮮食櫃前，毫不猶豫選擇三明治跟奶茶。她一直記得，這是那天的早餐。

排隊付帳後的女孩來到座位區，同樣不需猶豫，已是深深銘印在細胞的習慣。她在同樣的位子坐下。

那天，這間店，現在的座位。三明治跟奶茶擺在桌上，女孩動也沒動。她不餓，只是在複習那段回憶。

真巧，那天也是細雨。

女孩手托臉頰，望著窗外。漂亮的側臉足以讓每個情竇初開的男孩都心動。

「嗨。」有人開口，打斷女孩飄遠的思緒。是男性的聲音，聽起來有些耳熟。

女孩驚喜又迫不及待轉頭。那人穿著超商店員的制服，戴著粗框眼鏡，還拿滴水的拖把。

「不好意思，借我拖一下地。」店員訕訕地說。

之所以耳熟，原來全是錯覺。女孩失望不已，隨即扳起臉，雙腳縮在椅子上，抱著膝蓋別過頭，看也不看店員。店員卻不時偷瞄她，甚至還為此放慢速度，只為多看幾眼。

「你還要多久？」女孩不笨，當然識破店員的企圖。

「好了、好了⋯⋯」店員尷尬點頭，飛快離開。女孩又能安靜地獨處。

女孩的雙腳從椅子放下，足尖踩到溼滑的地板。魂不守舍的店員只顧偷看女孩，拖地的工作當然敷衍了事。女孩嘖了一聲，不悅地咬著下唇，有些氣惱，氣那店員的不識相。

她戳破奶茶紙盒的吸管孔，插入吸管，煩躁又無聊地撥弄起來。吸管像混亂的鐘擺晃來晃去，抓不到重力的規律。

她偶爾望向櫃檯，想像那個大男孩就在那裡。她已經等了好久好久，這份等待沒有根據，全是靠著死心眼在苦撐。

從決心等待之後，經過一天、兩天、三天……然後她不再惦記日子的流逝，而是又一次的旅行。走遍曾與大男孩跨足的每個地方。最後回到這間超商。

就是在這裡，她遇見他。

好幾個夜晚這裡成了女孩的避風港，躲避生活中所有的不愉快。她可以與大男孩天南地北聊上整夜，也陪他整理貨架的商品、又或是一起挑出報廢的過期食品，大男孩會故意裝成美食節目的評審，頭頭是道評論這些食物味道的好壞，害她笑到流淚。

她只有待在大男孩的身邊才知道什麼是安心，也只願意待在這個人的身邊。

逗留在窗外的人影過於顯眼，令女孩再次從溫暖的回憶中抽離。她煩悶地想，又是哪個不識相的白目傢伙硬要搗亂？

女孩毫不客氣地狠瞪過去。那人微溼的瀏海覆蓋前額，肩膀也溼了一片，可以看見雨滴滲入衣服的痕跡。

那人動也不動，只看著女孩，亦如女孩看著他。就這麼看著。女孩以為是夢所以不敢別開眼睛，怕美好的幻影瞬間消失。

突然，女孩站起來，奔跑著衝進雨中，衝向大男孩。

大男孩不是夢，還在那裡，哪裡都沒去。在等著她。她用力撞進大男孩的懷裡，緊緊抓住他的衣服，臉埋進他的胸口，感受到雨水潮溼的氣味，還有大男孩獨有的令她安心的溫度。

大男孩遲疑之後，伸手輕撫她的頭。很輕很小心，像在對待過份珍惜又易碎的寶貝，就怕弄傷她。

「大騙子！」女孩的聲音有些模糊，大男孩感覺到胸膛有些溼熱。是她的淚水。「你還會騙我嗎？會不會又突然離開？」

大男孩抱緊女孩作為回答。原來，有些人就算失憶也無法忘卻。

歸來的大男孩與苦等的女孩在雨中相擁。

在微雨的早晨。

【全文完】

我想要你們知道，黑暗的盡頭之後，必然有光。

將這系列獻給所有苦苦掙扎的人。

終章之後

狹窄的房間硬是塞進四張上下鋪的床組，走道僅能供一人勉強通過。內居的少年待在床上，與堆積的私人雜物還有隨便堆疊成一團的棉被相擠。小小平方的床墊是他們少數自由的範圍。

他們或坐或臥，看著天花板發呆或與鄰近同伴聊天。沒人使用手機，在這個應該手機不離身的年紀，他們不被允許擁有這項物品。

待在裡側下鋪的子緣靠著牆，頭頂的床板累積前幾任「學長」留下的簽字筆塗鴉，除去髒話，就剩形狀古怪的生殖器官，還附有註解，怕人不知道這類器官如何稱呼似的。

這些塗鴉距離子緣很近，卻不被放在眼裡。不過是維持仰頭的動作讓腦袋空白，反正無事可作，希望時間過得快一些。

上鋪的人翻了身，脆薄的合成木床板發出岌岌可危的嘰嘎聲，與床架之間摩擦出碎屑，伴著夾縫久積的灰塵紛紛飄落子緣臉上。

「喂。」子緣敲了敲上鋪床板，提醒對方注意。

這個舉動卻讓上鋪的人刻意來回翻身，落下更多雜屑。子緣臉色一僵，跳下床擠進狹窄的通道，轉過身就要攀往上鋪。

他的手才剛抓住床邊的小梯，對方的拳頭就揮過來了。子緣是在臉頰結實挨了一拳後才發現。

突然被打的子緣呆愣著，嘴巴定格般微張，留在臉上的疼痛從頰骨慢慢擴散，直到腦髓才讓他驚醒。子緣抬頭，看著的不再是老舊滿是塗鴉的床板，而是日光燈下的「學長」。

學長又黑又瘦，姿態像樹林中捍衛地盤的猴。年紀要比子緣還小一些，可是進來這裡的時間要早他太多，按潛規則排出的輩份便高了一階。

「新來的，很囂張喔。沒被教訓過？」上鋪的學長架著拳頭。其他幾床的少年發現有戲可看，接連鼓譟起來。

睡下鋪的少年團團圍住子緣，將他困死在走道連自己的床位都回不去了。子緣左右張望，看見的是一張張等著要他出糗的臉孔。

「來啊，上來啊。不是很嗆？」上鋪的學長挑釁，不忘揮舞拳頭威嚇。

「上去啊！」「去啊，你快點！」「怎麼了，不敢？會縮喔？」「沒種就說。」

在眾人的起鬨叫罵中，子緣孤立的身影格外無助。他握緊雙拳，肩膀顫抖起來。

「怕了喔？是不是要哭出來了啊？」上鋪的學長在笑，從上而下的視線徹底鄙視子緣。

這種輕視引爆子緣的情緒，他扯開喉嚨失控地大吼，脖子的青筋暴漲。「下來單挑啊！」

「幹什麼？你們在吵什麼？」房內的騷動引來管理員，他雙手抱胸站在門口，口氣嚴厲地說：「葉子緣，出來。江主任找你。」

還沒能反擊的子緣不甘離開。在管理員不耐煩的催促後才慢慢轉頭，擠過圍堵他的眾人。這些人在他經過時故意或擠或推，惹得子緣越加憤怒，轉身又是架起拳頭。

「葉子緣！」管理員喝斥：「不要鬧了。快點出來。」

憤怒的子緣只能強自壓抑，不情願地跟著管理員離房。走過房外走廊，鄰近是幾間一模一樣的房間，狹小的房同樣塞進好幾人，都是十八歲以下的少年，每個人來到這裡的原因各有不同。

在走廊入口，其中一扇門掛著「主任室」的掛牌。管理員沒來得及敲門通報，門就從內打開了。一個清秀少年掩嘴快速跑出，匆亂中不慎撞著子緣。

「喂！」子緣喊住對方。清秀少年匆匆回頭，臉上隱有淚光，手還怪異地緊抓褲子不放。

清秀少年停了一會，沒能多說什麼便又跑走了。留下莫名其妙的子緣。

「進去。」打過招呼的管理員指著主任室。

子緣看了看管理員，沒有動作。透過已經打開的門，他看見坐在辦公桌前的江主任。江主任正拿手帕抹嘴，微禿的頭皮下是一對厚重浮腫的金魚眼。他盯著子緣。

「站著幹什麼？快進去。」管理員訓斥狗兒般催促，粗魯地把子緣推進主任室。背後的門砰一聲關上，就剩子緣與江主任了。

江主任拿起桌上茶杯，慢條斯理抿了一口，期間眼睛鎖住子緣不放，像貪食的禿鷹在等待斷氣的垂死動物。

子緣被看得不自在，但倔強的他不肯別開目光，彷彿在與江主任玩瞪眼遊戲。

「葉子緣。」江主任突然叫他的名，語調像判官點名囚犯似的。在這聲叫名後，江主任久久沒有說話。子緣也沒回話。令人不愉快彷彿囚溺水中的沉默堵在空氣間。

江主任起身，調整腰間皮帶後重新扣好，連帶把擠出的肚皮收斂回去。他踱步到子緣面前。每一步都走得緩慢，凝重的氣氛彷彿江主任已從判官化身成行刑手，手中有把斬頭斧拖慢他的步行。

江主任上下打量子緣，視線最後停留在子緣的胯下。子緣當然發現了，那種視線好像正在恣意撫摸似的，有一股由衷而發的反胃。

「管理員說你不服管教，常跟其他人起衝突。」

「是他們找我麻煩。」

「找你麻煩？」江主任的嘴角輕蔑地撇了撇，「其他人都沒事，就只有你有問題。」

「我沒有問題。有問題的是這裡。」子緣回嘴，帶著挑戰的意味。

子緣總是認為他不該被送進這裡。每次想起便心裡有恨，如果不是愚昧的父親誤信詭異宗教，又怎麼會給誘騙上當，遭人囚禁後殺害？

回想起來子緣仍會不自主發顫，那種顫抖跟剛才在寢室面對學長時的顫抖完全不同。這很單純，就是恐懼，全然鄰近死亡的恐懼。被牽連的子緣親眼看見父親被虐殺的完整過程，唯一幸運的是他沒死，獨自苟活，然後輾轉流落到這裡。

「看起來你對這裡很不滿意。」江主任不以為然地點點頭。

「對。」子緣毫不掩飾。

他才剛回嘴，江主任一巴掌直接揮來，狠狠搧往子緣的左臉。手掌觸打到子緣的時候，江主任那臉鬆弛的皺皮因著反作用力晃晃抖動，僅存的浮貼頭髮也被甩亂。

子緣往旁大大退了一步，就這麼給打懵了。還沒能反應，江主任又是一巴掌、一巴掌接著再一巴掌。每一下都打子緣踉蹌倒退，直到被逼進牆邊死角。

江主任毆打子緣的時候展露某種狂熱，金魚般圓圓的眼珠有嗜虐的光，嘴裡吞吐著急促的喘息，像要壓抑什麼。

連續的揮打不過是前置熱身，江主任的最後一巴掌力道奇大，好像力求搧下子緣的臉皮。

被打翻在地的子緣昏眩得不能動彈，紅腫變形的臉頰像遭火焚燒，又痛又燙。皮下破裂的微血管滲了血，浮出大量紅色的絲。麻痺的舌尖發現嘴裡的腥鹹血味。

子緣眼珠子吃力上抬，看著那對厚如香腸的油嘴唇蠕動著，江主任在說話。可是子緣聽不見。左耳充斥巨大的嗡鳴，無法容納任何聲音的進入。

「出去。」江主任甩甩手。

子緣只能從右耳聽見這句命令。他按著瘀血發腫的左臉，逃命般離開江主任身邊。突然少去半邊的聽覺，連走路都跟著失衡。他顧不得其它了，趕緊來到廁所要從鏡中確認左半邊究竟成了什麼模樣、耳朵是否全毀？

廁所門卻是緊閉的。裡面傳出啜泣聲，聲音很低，卻被右耳清楚捕捉到。子緣僵立不動，不是因為突來的哭泣聲錯愕，而是左耳真的聽不見了，聲音只從右邊傳入。

他用力拍打左耳。沒有。沒有。沒有聲音。然後他開始拉扯耳朵，天真以為這樣可以擴大耳道，讓聲音能夠進去。可是沒有，還是沒有。

廁所門悄悄開了一道小縫，一雙帶著淚光的眼睛在窺視。是剛才奪門跑出的清秀少年。

對方發現慌張混亂的子緣，膽怯又小聲地問：「你怎麼了……」

這聲音很輕，帶著發顫的哭腔。清秀少年眼睛一片紅。

子緣捂著左耳，失去理智不斷自語：「我聽不到，我的耳朵，聽不到！」

不知所措的清秀少年站在廁所內，只能眼睜睜看著子緣崩潰。他的手依然緊抓著褲子，有一股被迫赤裸的恐慌。他永遠不願意回想，在子緣進入辦公室之前，他被迫遭遇的那些事。

那是一輩子也無法洗卻的愴痛。

××××

幾日之後，因為半邊失聰大鬧特鬧的子緣又被叫進江主任的辦公室。同樣在場的還有清秀少年。清秀少年瑟縮在沙發上，低著頭不敢多看。手死死抓著被扯下一半的褲子，護住部份裸露的大腿。

又一次被毆倒躺地的時候，子緣終於確信，現在的處境不比當初與父親被囚禁時來得樂觀。

清秀少年咬著下唇，淚珠不斷淌落。他目睹子緣如何被毆打、如何被江主任粗暴地抓來摔去。可是他幫不了子緣、真的幫不了，他受到的傷害或許要比子緣更重。要死不活的子緣掙扎著撐起頭，與清秀少年的視線交會，不約而同產生一樣的困惑與憤怒。

為什麼是我、為什麼會是我們？

江主任肥碩的身體霸道橫擋在兩人之間，面向著子緣，他的另一波教育正要開始上課。

「愛是恆久忍耐、又有恩慈。愛是不嫉妒、愛是不自誇、不張狂……」江主任唸唸有詞，在嘴邊積起噁心白沫：「不輕易發怒、不計算人的惡、不喜歡不義、只喜歡真理……」

「跟著我念！」江主任忽然咆哮，彷彿撒旦附身。「凡事盼望、凡事忍耐。愛是永不止息！」

隨著江主任的鞋底踏在臉上，在這瞬間子緣發誓，不論用盡任何方法，都要逃離這個近在咫尺的地獄。

他發誓。

番外篇、心牆最厚的孩子也最癡情

時間是愉快的週末，天氣是秋季爽朗的藍。

以豪開著鐵灰色Lexus休旅車，來到信義安和捷運站附近。開車的他擁有人車一體的順暢和沉穩，路上任何突發狀況都能輕鬆寫意地化解，無論是忽然從岔口竄出的機車、或是為了載客而猛然切換車道的計程車，都沒對他的駕駛造成困擾。

遠離熱鬧的市區地段，以豪往寧靜巷區駛入。

這種悠閒的氣氛讓副駕駛座的小茜搖頭晃腦地哼起歌：「最繁華的城市為何帶來最寂寞的北極熊，最純潔的孩子如何走過最骯髒的垃圾場……」

以豪雖然忍住沒打斷自得其樂的小茜，但心裡誠實覺得，這女孩的歌喉還有很大的上修空間。

鐵灰色Lexus休旅車在巷裡停下。旁邊是間看似閒置的店面，外觀是素雅的白，內裡以黑白兩色為主調，輔以緩衝的灰。

車剛停妥，小茜便搶著降下車窗朝店裡喊：「快點出來幫忙，不要偷懶喔！」

隨著她的叫喚，幾個少年推開店門魚貫走出。小茜也興沖沖開門跳出車外，嘴裡繼續哼歌：「原來最大的懷疑，總有最渺小的自己……」

唱到這副歌的部份，以豪才想起來是田馥甄的《渺小》，小茜瘋狂癡迷這位歌手，有事沒事就愛唱她的歌曲。歌的確是毋庸置疑的傑作，但是小茜的歌喉……以豪還是不忍譴責。

下車的以豪打開休旅車的後車廂，那裡整齊堆著數個紙箱。他首先搬起其中一只，候在旁邊的少年們接連跟進。兩手空空的小茜一溜煙跑到店舖旁，打開玻璃門作了個邀請入內的手勢。

「請進，歡迎光臨！」她笑嘻嘻地招呼，笑容燦爛得像此刻晴天。

「真是多謝了。」以豪調侃。他身後搬箱的少年倒是忍不住翻了白眼。

「幹嘛翻我白眼！總是要有人幫忙開門啊，做事要有效率，懂不懂？」小茜的理智氣壯惹得少年吐槽：「對對對，你說的沒錯。你不來幫倒忙的確是促進效率。」

「喂！我只是比較粗心啊，哪有每次都幫倒忙？」小茜不滿地抗議，惹得大家都笑了。

店裡的裝潢布置大多已經完成，白色吧檯與冷藏櫃都就定位，吧檯內的料理台高度恰到好處。黑色消光木桌整齊排列，配上同色的復古工業風黑色鐵椅，幾盞淺灰色的碗狀吊燈懸掛在吧檯上。

餘下的部份就待以豪等人擺進。

他把沉重的紙箱謹慎放上木桌，用美工刀小心割開封箱膠帶。紙箱裡是用氣泡紙包起來的咖啡杯與蛋糕碟子，顏色有黑有白，全是為了搭配這間店的風格。

琴鍵——這是店名。

販售的商品是咖啡與甜點，這是以豪的拿手強項。

確認裝箱物沒有毀損，以豪叫住其中一個少年，吩咐把餐具帶去後場清洗。「洗好先放在瀝水架，晚點再拿出來擺。」

那少年默默接下以豪交代的差事。這裡所有人都聽以豪指揮，他儼然是這個團體的領頭人。不只因為稍長幾歲，更是那可靠讓人信賴的特質，令人甘願以他為首。這種習慣，早在更久之前的那段灰暗日子就是如此。

忙進忙出的以豪終於和其他人一起把東西都搬下車，開始進行細項的布置。他抱了滿懷的袋裝咖啡豆鑽進吧檯，將之依序放上牆面木架：衣索比亞、肯亞、哥倫比亞、印尼……不同產地的咖啡豆有不同風味，加上烘培時間的差異，又有各種美妙的變化。

排列整齊的咖啡豆像是一個個美好的驚喜，等待被拆封。以豪來回審視，知道還不是時候，「琴鍵」還沒正式開張，現在全是前置準備。

懸掛的吊燈忽然閃滅不斷，以豪困惑回頭。發現小茜站在開關旁，喀噠喀噠地在開與關之間來回切換。

「你在幹嘛？」以豪雙手抱胸，擺出家長要訓斥調皮孩子的態勢。

「我不是在玩喔！是要確認吊燈都正常。」小茜無辜又誠懇地說：「總不能開張沒幾天就壞掉吧？這樣不吉利。」

「你這樣亂按，燈才會壞。」以豪扳起臉孔，果然讓小茜乖乖罷手。她舉起雙手，投降表示：「我知道我知道，我不亂按了。」

做錯事的小茜馬上逃出以豪的視線範圍，一溜煙竄到後場。以豪不禁莞爾，這個古靈精怪的女孩總是有各種異想天開的舉動。

他接著拆箱取出磨豆機，放在工作檯上預備好的位置。順著磨豆機的方向往前看，正好是座位區，可惜這樣的距離仍嫌遠，無法讓客人聞到咖啡豆研磨的瞬間所發散出的香氣。

以豪的視線順著座位區再往外看，終於發現悄悄駐足窗邊的人影。帶著一貫的優雅從容，窗外的姚醫生含笑與他對望。以豪雙眼因著驚喜睜大幾分，快步跑出吧檯，直接到店外迎接。

藍天下的巷道，浸沐陽光的姚醫生特別耀眼。

「姚醫生，你怎麼會來？」

「想看看你們順不順利。」她望進店裡，讚許地說：「很棒的店。不過我也不太意外。」

「為什麼？」

「因為是你規劃的。」姚醫生刻意扣住沒說的，以豪都了解。兩人共通的默契即使姚醫生沒把話說完，以豪也能明白她的意思。

「快進來坐，姚醫生你要當第一個客人才可以。」以豪帶著姚醫生入店，高跟鞋踏地的清脆聲響跟在身後。

「姚醫生！」「醫生！」其他人發現姚醫生到來，紛紛放下手邊工作，全都開心過來打招呼，圍繞著她。

姚醫生親切回應，讓這些人更加開心。以豪落在圈外靜靜看著，成了一個看顧的角色。這些少年少女與他來自同樣的地方，那不能稱之為故鄉或根，只有禁錮與剝奪。是這個救世主般的女人拯救了他們。

「姚醫生你看，店快布置好了喔！」一個少年獻寶似地說，向姚醫生誇耀這些日子以來辛苦奮鬥的成果。

「我很期待開幕的那天。」因為姚醫生這樣說，所有人也就滿足了。

在姚醫生與其他人聊天時，以豪默默回到吧檯。在架前斟酌好一會才選定咖啡豆。勺出一匙倒入磨豆機。研磨後的粉末落進濾杯，他小心翼翼地取出，置在咖啡壺上。

以豪轉了方向，用手沖壺從料理檯的熱水機裝水，然後插入溫度計。除去咖啡豆本身的產地與烘焙時間，水溫與手沖的技巧亦大大影響最後呈現出來的滋味。

他盯著溫度計不放，看著熱水逐漸降溫，直到預定的溫度。以豪精準捕捉這瞬間，拿起手沖壺抓好傾斜的角度，熱水從壺嘴洩出，拉出一條圓滑的弧線，穿透研磨的粉末後化成滴滴晶瑩的咖啡色液體，在咖啡壺中慢慢積聚。

以豪按住手沖壺，以濾壺為中心緩緩繞圈。熱氣帶出飽滿的香氣，不斷向外擴散，從吧檯瀰漫而出。

他全神貫注，就為了沖出一杯無懈可擊的咖啡——

這間店的第一杯咖啡，必須獻給姚醫生。

這樣的手沖動作以豪不知道重複多少次了，直到擁有職人的水準。他之所以開始嘗試鑽研咖啡與甜點，要回溯到那段逃亡後的日子。

×××××

那是極其混亂的一天，對育幼院院長而言更是加倍不幸的日子。

囚藏在左棟二樓的孩子趁隙攻擊警衛，引起騷動後接連逃脫。那些孩子都是待販賣的貨品，不管是器官或完整售出都有可觀利潤。這才是育幼院骨子裡真正從事的生意。

育幼院立即派出人馬追捕，只抓回一部份，另外有好幾人就這麼消失無蹤、再也沒有消息，就這麼逃進「正常」的社會。

就在院長歇斯底里對著警衛還有員工咆哮的同時，遠在育幼院幾百公尺之外，剛逃脫的七名少年少女躲在隱密的偏郊角落。他們都穿著醫院病患般的寬袍，是育幼院內部的規定衣物。

不僅僅是喘氣冒汗，好些人藏不住驚慌的神情，不敢相信竟然就這麼逃出來了，彷彿一場荒誕的夢境。倘若這真是夢，他們絕不希望醒來，寧願就這麼潛身其中。

一臺休旅車緩慢駛近，引起他們的警戒。其中較為成熟的少年沉穩地安撫：「沒事。是來接我們的。」

他這麼說自有根據。因為車號無誤，一切都與預定的計畫相符。

休旅車的駕駛降下車窗，探頭的是個年輕女性，自帶的氣質完全無愧那驚人的美貌。其他少年少女發現是她，全都鬆了好大一口氣。緊接而來的，便是欣喜的情緒。

「上車吧。」在女人溫柔的提醒之下，他們接連鑽入車廂，最後留下副駕駛座的位子。那安撫眾人的少年於是坐下。

休旅車離開現場，途中他們頻頻回頭，依然不敢相信就要這麼遠離育幼院。即使逃離那裡是長久以來的願望，成真之時卻倍感膽怯。怕是這份幸運來得太奢侈，會遭到報應。

女人開車之餘，輕聲向副駕駛座的少年詢問：「他逃掉了嗎？」

他知道女人問的是誰。是那個編號０９０１３、與他們同樣被囚禁在育幼院的少年。一個倍受關愛的特別存在。

「逃了。」少年的語氣跟表情都顯得淡漠，有些不是滋味。

「太好了。」女人很滿意，她附帶叮嚀：「忘掉那些編號。你不再是0900２，你是以豪。」

「以後我要怎麼稱呼你？」不再是0900２的以豪問。

「一樣，叫我姚醫生。」

外面的世界很不一樣，這讓車上的少年們驚呼連連。只有以豪淡定依舊，他知道最後會習慣這一切，不必過度驚喜。

姚醫生載著這些重獲新生的少年來到北投，最後車子駛入某座獨棟透天厝的院子。

「這裡是你們的新家。」姚醫生領著他們下車，少年們又是驚呼不斷。因為這裡好開闊，院子裡有綠地也有小池塘，透天厝雖然不像育幼院那麼大間，可是容納他們絕對不成問題。

姚醫生帶他們參觀屋內，一路上那七人之中唯一的女孩不停發問，不管看見什麼都覺得很有趣。姚醫生耐心為她解釋空調跟除濕機的差異。

「姚醫生你真的懂好多！」女孩崇拜不已。

「你會慢慢懂得這些的。這棟屋子放了很多我學生時代看的書，你們有機會拿去看。」姚醫師鼓勵。

少年們各自挑了新房間，這跟過去在育幼院真的很不同，沒想到可以擁有個人的獨立空間。一切安頓好之後，姚醫生準備告別。

「你要走了？」以豪問，沒想到這麼快。

「我有機會會再來。晚一點會有人過來，他負責幫你們準備三餐。有任何需求可以先找他。暫且當他是管家吧。」

目送姚醫生離開後，以豪繞到書房，果然擁有豐富的藏書。他就近拿了一本，然後坐在硬實的地板閱讀起來。聰穎如他擁有良好的閱讀速度與吸收能力，當晚便讀完了。闔上書後，那股被文字暫時壓抑的失落感浮現出來。以豪想起姚醫生離開的背影，她就這麼頭也不回走了。

被丟下了，以豪心想。

為了對抗這份失落，他再抓了一本書，然後再接一本，直至夜深、直至初透的晨光映入室中。這成了他每天的作息，除去固定三餐與盥洗，所有時間就待在書房，看累了倒頭就睡，反正閱讀椅遠比育幼院的地板舒適。

好不容易，盼到姚醫生來訪。這次她帶了蛋糕當禮物，據說是知名店家的熱銷商品。大家愉快地分食。

不嗜甜的以豪也拿了一份。他不想掃興。

姚醫生倒是碰都沒碰，只托著腮。

「姚醫生不喜歡蛋糕嗎？」嘴邊沾著果醬的小茜問。

「喜歡。」姚醫生答得肯定。

「那為什麼不吃？」

「到現在還沒吃過真正讓我覺得好吃的。只好不碰。」姚醫生有些遺憾。

這段話讓以豪掛在心上，念念不忘。

從那天起，他離開書房，披上圍裙走入廚房，開始日夜鑽研甜點。

×　×　×　×　×

「姚醫生。」以豪端來精心沖泡的咖啡。「琴鍵」咖啡店的第一杯咖啡。

他雙手奉上，期待她的反應。

姚醫生接過後輕啜一口，毋須言語，那反應讓以豪知道她相當滿意。就像當時他獻上了最滿意的第一份蛋糕成品。從那之後，姚醫生只吃以豪親手製作的甜點。

品嚐完咖啡，以豪又得跟其他人繼續忙碌了。

姚醫生沒離開，人在二樓的包廂待著。她透過鏤空的窗格俯瞰店內，偶爾以豪抬頭，兩人的視線便交會在一塊。以豪知道她在看著他，也就安心了。

忙碌的時間過得特別快，今日的預定已經告一段落。店內布置的進度已達七八成，剩餘的細項就等明天了。距離開幕還有段時間，以豪不急，他習慣穩定推進。

以豪留在店內作最後的確認，畢竟身份等同「琴鍵」的老闆，當然要多費點心。至於姚醫生，她是出資的股東。

沒事的小茜跟其他少年陸續向他還有姚醫生道別。小茜當然沒少哼了歌。當她的歌聲越來越遠，真正留下來的就剩姚醫生跟以豪兩人了。

以豪打開料理檯的水龍頭，捧水洗臉。抹乾手後，他踩著灑有夕陽餘暉的階梯上樓，來到包廂、來到姚醫生的身旁。

「忙完了？」

「嗯。」以豪藏住倦意，從前期的規劃到近期準備要正式開店，讓他費神不少。

不管對體力或精神都是消耗。

「這會是一間很棒的店。」

「我希望你喜歡。」以豪挨著她坐下，頭抵著椅後的牆，慢慢放鬆。

「你是指喜歡這間店，還是你？」姚醫生故意問。

以豪不答，閉起眼睛裝沒聽見。直到發現姚醫生伸手解開他的襯衫鈕扣。以豪驚訝睜眼，映入眼裡的，是姚醫生那張調皮的臉，正盯著他。

「你一直很努力地想證明自己。」姚醫生說，「證明自己不是那個會被丟下的孩子。」

她總是能看穿以豪的內心。

「我是嗎？」以豪認真地問，就等答案。

「不是。你不會被丟下。」姚醫生輕撫他臉頰。

以豪沉默地握住她微涼的指尖。

在獲得姚醫生眼神的首肯後，以豪將她攔腰抱起，輕放在桌，然後褪下身穿的襯衫。

透入「琴鍵」的夕陽餘暉已然退去。相偎的兩人擁著不會冷卻的溫度。

番外篇、這樣的作者與主角絶對沒問題

時間是凌晨兩點。

狹小的套房只留一盞檯燈。

霈怡就著燈光，埋頭與個體經濟學的中譯課本糾纏。這是與同學一起從影印店翻印來的，裝訂的封面僅是一張簡陋的雲彩紙。

除了文具，桌面另外散落各類雜物：過期的發票、一元銅板、只寫幾頁就再沒使用的muji筆記本、喝剩的手搖杯、卡娜赫拉的小玩偶……光是筆電就佔據大半空間，讓她只能從戰爭廢墟似的桌面清出一個小角落，勉強放上課本。

霈怡盯著公式與例題，可惜一個字都沒讀進去。距離明早九點的期末考剩不到七小時，還落後好幾個章節的進度未補。考前抱佛腳雖是常態，但一直沒能習慣，更沒學乖。

勉強堅持翻完一頁，她忽然扔下筆，打開筆電直接登入ＰＴＴ。在這瞬間，頓時覺得心很自由。

霈怡在看板上搜尋，找到一直令她掛心的連載小說。是一個描述潔癖少年追獵殺人魔集團的故事。那名少年擁有的悲慘過去，總是令人忍不住心疼。

她一章接一章欲罷不能地往下讀。不禁感嘆，如果也能如此熱衷地準備期末考就好了。

可惜人的大腦生來就是習慣迴避痛苦，比如平常都沒有打掃的念頭，以為它亂由它亂，找得到東西就好，臨近考試卻會開始整理房間。不過這次的期末考多了小說可讀，讓霈怡壓根沒想過要打掃房間。

霈怡讀到故事的正精彩處，忽然有人敲門。

她皺眉，納悶這麼晚了會是誰？是隔壁的神經質房客嗎？幾次跟朋友聊Line不小心講話大聲了點，就惹得那房客氣噗噗的。可是她現在安安靜靜讀小說呢，再怎麼說都不會打擾到誰吧？

叩叩，門又被敲響。霈怡雖不情願，決定還是應門看個究竟。她謹慎打開一道小縫，發現門外是個青年。

那是房東的獨生子，叫家洋，代替不住在這的房東管理這棟樓。平常有什麼大小事都會請他幫忙，因此霈怡對他印象不錯，兩人又同樣是大學生，在走廊上碰見會閒聊幾句。於是霈怡放心開門。

「你也在熬夜準備期末考吧？」家洋問。

「對啊……」霈怡有點心虛。比起唸書，上ＰＴＴ的時間還要更多。

「我買了咖啡，正好一杯給你。」家洋抱著的小紙箱裡，放了幾杯超商咖啡。

霈怡訝異地問：「你買這麼多？是不打算睡覺了嗎？」

「主要是想收集點數。來，這個給你。已經加糖了。」家洋遞出冰拿鐵。

霈怡道謝後接過。兩人聊了幾句，約好之後拿到點數會送給家洋，反正她沒有兌換集點商品的習慣。

「那先這樣，我要回去繼續念期末考了。終於剩最後一科。」家洋慶幸地說，「可惜這科最硬，希望別被當掉。我不想要明年又看見那個教授。」

「好好喔，我還有三科要準備。」霈怡哀怨地說。揮手道別後回到座位，喝下沁涼的冰拿鐵，精神為之一振，又能繼續看小說了！

霈怡讀著後續情節。當那杯以眼球替代珍珠的奶茶登場時，嚇得她反胃，趕緊多喝幾口正常的冰拿鐵壓壓驚。

莫名地，她覺得好疲憊。難道是因為這禮拜連續熬夜，所以體力支撐不住？她快忍不住了，身體好沉重，決定稍微小憩。鬧鐘還來不及設定，人已經癱倒在床。
不到幾分鐘的時間，她沉沉睡去。

×××××

霈怡昏睡之際，一把鑰匙輕輕插進外門鎖孔。門被輕聲打開。
那張逆光的臉只見輪廓，直到踩進檯燈照映的範圍才現出真面目。
家洋來到床邊，脫去連帽外套披在霈怡身上，刻意讓帽子的部份遮住她的臉。
他背起不省人事的霈怡，出了房間，行經夜深無人的走廊，上樓來到獨住的樓層。當然免不了鎖住加設的鐵門，防止房客擅闖。這層樓被區隔出好幾個房間，全部依照家洋的需求安排不同用途。
他直接來到走廊盡頭的房間。門一打開，寒冷的空氣流瀉出來。這間房的溫度特別低，冷氣被設定至最低溫度，二十四小時運轉。內裡沒有任何擺設。地面不留縫隙，全部鋪滿綠色防水布。房間的一側被不透光的黑色掛簾遮住。
隨著家洋雙手一鬆，後仰的霈怡頭部著地，卻一點反應都沒有。因為冰拿鐵內藏的藥效夠強。

他跨過倒地不醒的霈怡，走向黑色掛簾。掀開後便露出獨特的收藏品——一具沒有四肢的蒼白軀體。

這名曾經的女房客被斬去雙腿、兩條手臂也遭卸下，形如人彘。

人彘的頭顱仰起，黑色瀑布般的長髮垂落腰後。失去眼珠的空洞眼窩茫然望天，血在眼袋乾涸，成了不規則狀的眼影。

那對微張的雙唇裡，還噎著來不及發出的死前哀號。

慘遭開膛的腹部塞入整束血一般的玫瑰，切口一直延伸到雙乳之間。兩朵玫瑰分別佔據乳頭的位置。斷臂與斷腿擺在地上，已然泛出屍斑。

家洋用手背摩挲人彘的臉龐，滑過頸間、鎖骨、乳房、腰窩……觸感堅硬光滑，猶如石膏。人彘同樣難逃屍斑浮現的命運，就連胸前的玫瑰也開始凋謝。

保存期限將至。雖然遺憾，幸好有新的替代品。他望向霈怡，這將成為新收藏。

家洋開始想像這次要走哪種形式才好？當然，開膛是必須的，不能辱沒傑克之名。除此之外，還能怎麼表現？削肉？灌鉛？

他來回踱步，不停思考。在一次轉身之後，赫然發現有團黑影出現在門旁。

那是個全身黑色系打扮的少年：黑色的連帽風衣、黑色的皮手套、黑色長褲與鞋子。還有一對深邃的幽黑眼瞳。

家洋嚇壞了，從來沒人闖入他的淨土，更沒想過會有這樣的情況發生，他一向謹慎把關這層樓的出入口，連作為房東的父親也沒有鑰匙。

「你在懷疑為什麼我能闖入嗎？」少年問。

家洋下意識點頭，傻住的他就這麼愣著、愣看少年逼近。

寒光一閃，家洋的視線追著那光，最後落在刀刃沒入的胸口。劇痛瞬間癱瘓所有思考。

「你知道，有一種行為叫開鎖吧？」那少年淡漠地抽出小刀，俐落往家洋的頸子一劃。

冰冷的刀鋒切開咽喉。少年同時側身讓開，避過噴湧的鮮血。

慌張無措的家洋緊抓不斷出血的頸子。他看看霈怡，又看看人彘，似乎難以取捨。最後終於搖搖晃晃走往人彘，跪倒後整個人挨了上去。泛著屍斑的死白肌膚被血覆蓋。

少年靜立一旁，忽然想到似地開口：「你有鋪防水布，這是好習慣。」

被稱讚的家洋沒聽見。慢慢什麼都聽不見了，只剩大量失血後的耳鳴。

他覺得好冷、冷氣的溫度不該這麼低的……對了，是為了減緩人彘腐爛……這次還是弄成人彘吧？他心想，卻沒有力氣處理霈怡了。

家洋癱軟倒下。意識消散前最後的最後所見，是因著他流失的血液而越加豔紅的玫瑰。

××××

照慣例通知收購商後，十年默默背起霈怡。

這個被下藥的大學生依然沒醒，不知道自身處境有多危險，甚至差點喪命。

十年暗自慶幸，還好埋伏時捕捉到家洋背著霈怡離開，否則現在真不知道該怎麼善後。

十年把昏迷的霈怡送回房間，讓她平躺在床。這個雜物繁多的小套房令他燃起打掃的衝動，可惜什麼都不能作，否則會讓人起疑。

可是堆積在床的衣物太礙眼，十年不明白，這樣不會妨礙睡眠嗎？就連床底也有散落的衣褲跟襪子！

他痛苦嘆氣，決定眼不見為淨立刻離開，偏偏凌亂的桌面害他再次頭痛起來。為什麼要把書桌布置成垃圾場？十年真的、真的不懂。他拯救這女孩的性命，現在卻要被迫遭受精神凌遲，這是多麼不公平。總之不能整理、不准碰亂丟的發票跟零碎銅板。

十年強逼自己轉移注意力。筆電的螢幕畫面引起他的好奇，這麼不愛整潔的人，究竟都在看些什麼？

他走近細看，發現是一部連載小說——《獻給殺人魔的居家清潔指南》。這是什麼詭異的標題？十年皺眉，在猜作者的心智是否有問題？不過既然以清潔為題，應該也是愛乾淨的人吧。看在這份上，決定打消請大衛杜夫調查的念頭。

離開狹小的套房，十年直接下樓。一臺熟悉的貨車早已停在路旁。

沒過多久，宅急便人員打扮的收購商抱著箱子出現。屍體已經回收完畢。十年點頭致意。收購商一如往常寡言，乾脆俐落不廢話。只做必要的事、說必要的話。

目送貨車遠去，十年獨自走在無人的街。天際未明，距離破曉還遠。

他的任務也還沒結束。

鏡小說 008

被收購商遺忘的裝屍紀錄簿

作者：崑崙
責任編輯：王君宇、劉璞
責任企劃：劉凱瑛
美術設計：賴佳韋

主編：李佩璇
總編輯：董成瑜
發行人：裴偉

出版：鏡文學股份有限公司
114066 台北市內湖區堤頂大道一段 365 號 7 樓
電話： 02-6633-3500
傳真： 02-6633-3544
讀者服務信箱： MF.Publication@mirrorfiction.com

總經銷：大和書報圖書股份有限公司
242 新北市新莊區五工五路 2 號
電話： 02-8990-2588
傳真： 02-2299-7900

內頁排版：宸遠彩藝有限公司
印刷：漾格科技股份有限公司
出版日期：2018 年 11 月 初版一刷
2024 年 04 月 初版三刷
ISBN： 978-986-96950-0-8
定價： 350 元

國家圖書館出版品預行編目 (CIP) 資料

被收購商遺忘的裝屍紀錄簿 / 崑崙著.
-- 初版. -- 台北市 : 鏡文學, 2018.11
336 面 ; 13×21 公分 . -- (鏡小說 ; 8)
ISBN 978-986-96950-0-8 (平裝)

857.7 107017561